小镇旧影

俞赞江 著

北京燕山出版社

图书在版编目（CIP）数据

小镇旧影 / 俞赞江著 . -- 北京 : 北京燕山出版社，2022.4

ISBN 978-7-5402-6431-4

Ⅰ. ①小… Ⅱ. ①俞… Ⅲ. ①散文集—中国—当代 Ⅳ. ① I267

中国版本图书馆 CIP 数据核字（2022）第 089766 号

小镇旧影
XIAOZHEN JIUYING

著　　者：俞赞江
责任编辑：杨春光
装帧设计：陈　姝
出版发行：北京燕山出版社有限公司
社　　址：北京市丰台区东铁匠营苇子坑 138 号嘉城商务中心 C 座
邮　　编：100079
电话传真：86-10-65240430（总编室）
印　　刷：北京军迪印刷有限责任公司
开　　本：710 × 1000　　1/16
字　　数：180 千字
印　　张：13.5
版　　次：2022 年 4 月第 1 版
印　　次：2022 年 4 月第 1 次印刷
ISBN 978-7-5402-6431-4
定　　价：55.00 元

代序　再现他经验过的人间

——谈俞赞江《小镇旧影》的归类

禹风

从个人经验出发，我历来以为这世上存有两种人，互不相同，互不感触，以至于也就有两种文人，两种文字，相应便有两种读者，乃至两种文字历史及传承……

《小镇旧影》很容易让人想起 V.S. 奈保尔的《米格尔街》。无论把其文体归类为短篇小说还是散文，“镇”与“街”是同类，两位作者各自直接拥有无可替代的生活经验，即沉浮在他们脑回路里的“旧影”，乃是上帝所赐之日月，也是不可剥夺的私产，决定作品的天然质地。

值得书写的生活经验是那些从语言文学系毕业、个人经历空空如也、以习学的厨艺翻炒清水的作家们梦寐以求却求之不得的东西，所谓怀璧之璧。

《小镇旧影》与《米格尔街》的主要区别在于作者从个人美学原则出发对旧事渲染的程度和引入虚构的分寸。

俞赞江先生诞生于浙江大地，在宁波奉化的田野和小镇上“消磨”了他的童年、青春和事业期，他书写自己的家乡给人一种“真爱”感：真与爱水乳交融，真与爱不可分拆。没有真，哪有什么爱？没有爱，就维持不住真……

这本文集有无穷真味，在如今“仿真时代”，令掩卷之人回味隽永。

一

奈保尔拥有一条街而俞赞江拥有一个农业镇，这给了《小镇旧影》宽博得多的时间和空间。

不过，奈保尔笔下的米格尔街经历时间之后想来不可能有大变化，当地无法吸引强烈的资本流如洋流般冲刷一切。奈保尔笔下人物老去了，换上又一代类似人物，过类似的生活，以至于他书写的故事有被几代人共同认可的可能性。而俞赞江描写剡江两岸的平原，位于国家商业经济最活跃的省份，日月更替，如今他不但不能再见他笔下那些旧人物，连故事所凭借的时空也已被彻底涂抹，仿佛不曾存在。

一切可从俞赞江笔下的陈家弄堂开始，这条弄堂具有象征意义。它虽只“约一米宽二十多米长”，却是一条室内弄堂，是从居民“永安家”协调出来的公共通道，连接小镇最热闹的商业中心“老街”和宁静的“陈家弄”。

陈家弄堂“天长日久变成了镇上的某处交通咽喉，逢公社大礼堂开会、演戏或放映电影，就变得拥挤。”“公社农机厂和电镀厂的不少工人上下班必经此弄堂。那时，还有排队喊口号的、整天哼样板戏的、挑粪桶的、倒马桶的。鸡毛换糖的、割猪草的、抬水的、捡柴的……各色人等都经过此弄堂。”

如此热闹的通道里，必然人气鼎沸，衍生各种人间故事，乃至出现形形色色的报应与死亡。然而，当作者准备写这弄堂时，弄堂却消失了："许多年后，当老街渐渐衰败，这条弄堂两端早已被砖块封住，外面毫无痕迹可辨，弄堂已物归原主，恢复成永安家内部空间的一部分。从此，陈家弄堂和它的无数过往故事都被尘封在里面了。"

这可谓表面波澜不惊的文字所和盘托出的中国故事。

故事曾存在，同一个空间流淌过不同的时间。中国的几千年就是如此，像土层和岩层般被不停衍生的世代层层尘封，唯有挖掘才堪考古。

一个时代有一个时代的作家，真正的作家不善哗众取宠，也不学猴子火中取栗。

俞赞江慢慢写他的小镇往事，他静悄悄走在外人怎么看也看不出故事的街巷里，而那些曾被他的少年眼睛看见、耳朵听见、嘴巴尝过的景象、声音和滋味疯狂旋舞，在他内心排开一幕幕戏剧……这些活剧（悲剧喜剧和闹剧）曾活生生地在天幕下展开，在人心里刻划伤痕，如今却成泥成尘了。这叫一个有能力以文字重演它们的人情何以堪?

复原旧日，再现往昔。这不可能是功利业务，这成了压在写作者心上无以排遣的重力，叫人喘不过气来……

那些在作者周围存在过演绎过的热闹，那爱恨情仇，都敦促他拿起纸和笔，让旧影子借助文字，获得新的生命……

"记录我们的时代"，记录亲眼看见亲身体验的人事，俞赞江无可推诿，他的一部分时间和精力只能无偿地奉献给奉化大地上一段乡野小镇的历史。我想，这就是《小镇旧影》诞生的因缘。

如同端详一幅千篇一律的江南画。有一个当地人走来，轻轻推开画上的一道黑瓦白墙，带你走进他的老电影……

二

在纸书没落的今天，在文学书销售仰赖商业策划的现实里，有价值的作品往往与读者隔着千屏万障，这并不令人诧异。预制菜热销的今天，谁还为真灶实火好厨师的失业扼腕叹息呢？

《小镇旧影》无论是否能有幸被成千上万读者注目，都不会改变一个事实：俞赞江拥有以有节制的文字还原旧日真影像的能力。很难再奢望遇到他这种强大的记忆力，也很难再寻觅对当年生活观察如此细致入微的人：

“那时，用来兑糖的废旧物品种类要比今天多，诸如废铜烂铁、鸡毛鸭毛、牙膏壳子、鸡胗皮、桔子皮、玻璃瓶、破鞋子，或废旧纸张……”

“（小镇收购站）从废铜烂铁、废纸塑料、碎头发、到蔺草席、稻草袋、黄麻片、苦楝果、桃子核、紫云英种、鸡蛋、鸭蛋、蜂蜜、泥鳅、黄鳝，以及牛皮、猪皮、猫皮、狗皮、狐狸皮、黄鼠狼皮，还有猪骨头、牛骨头、牛油、鸡毛、鸭毛、鹅毛、猪毛……统统纳入收购范围。”

“烂眼在小镇的集市上独家经营竹制品，品种形形色色，诸如竹篮、竹帚、竹篓、竹匾、竹筛、簸箕、谷箩、食罩、蒸笼……要啥有啥。”

……

任何往日旧物，因为当年看得仔细记得牢实，只要提起，就娓娓道出。这是真功夫。

至于回述那段时光这卑微小镇上发生的大小事件，更是俞赞江展示独特在场感的拿手戏：春季牛场、咸水倒灌、运动式荒山种桃、寒冬挖河、保护番薯、捡柴竞赛以及李主任奸情败露这些是小镇大事；而参加演戏、赚牛客人草料钱、裁缝到家做新衣、兑糖和偷西红柿等是少年生活小事。

奈保尔获得诺贝尔文学奖的理由在于“将极具洞察力的叙述和不

为世俗左右的探索融为一体，是驱策我们从扭曲的历史中探寻真实的动力”。落在他的《米格尔街》，便是对破街上一个个红尘蔽体的庸人们不避不讳的描述。

对照而言，不判断《小镇旧影》是否具有叙述的洞察力或是否摆脱世俗眼光，它竭力从四面八方从人间烟火中临摹的是20世纪七十年代的浙江小镇。

那时代的小镇是否能留下真实和不扭曲的历史？读者无从判断。读者能把握的是俞赞江不卑不亢娓娓道来的“故事实况”：全镇运动开荒种下的满山桃树若干年后竟踪迹全无，小山包恢复了自然原貌；寒冬挖河，义务劳动者冻成狗；治保主任偷腥寡妇，被逮后号啕大哭；作者参与偷西红柿被同行少年当场告密，内心惊悚，久久难安……俞赞江写得不动声色，读者自有心得。

在彩照般清晰的记忆和“恒温的”、稳定自如的叙述中，奉化剡江边的一个旧日小镇在读者印象中很快建构成独特天地，它是自有和自在的：拿起书，镇子在；放下书，镇子还在……

俞赞江并未到此为止，在《小镇旧影》这本书的世界里，他是画家不是画匠。

他继续往他“鸿篇巨制”的小镇里填充令读者无法忽略的人物。尽管都是乡野匹夫般小人物，一把野火烧尽也无人在意的草民，到了《小镇旧影》里，就像一百零八将到了《水浒传》里。这些人物如此鲜活，如此接地气，使书成为珊瑚礁，而书中人物成为珊瑚间旋绕的热带鱼。

写得最立体的人物就是“母亲”，她常在那“母亲的采购商店”里。

中国人的母亲永远是最有戏的人物，而中国式母子关系也总充斥着各种各样的“别扭”。前录关于“采购站”采购范围的文字，读者从中可一瞥作者对母亲工作的采购商店的熟悉。不仅如此，生活还有各种各样的接触点，他毫不吝啬地描写了采购站院子里的花、蜂、蝶、蝉、柳、冬瓜、南瓜、西瓜、黄瓜、玉米、雀、黄鼠狼和野芹菜……然后才是儿子和母亲间难以抚平的隔阂。这隔阂是时代的果子。

母亲和父亲之外,《小镇旧影》也让其他那些影子无拘无束自由逛荡,在文字构建的王国里,这些影子没有寿命只有声色:

“浙东第一牛场”里的“牛伯乐”赚了“撮合钱”就要买野螃蟹吃;为集体店卖棒冰的福贵浑身积攒了连日被夏季太阳暴晒流汗酿出的酸臭;拿麦芽糖换废品的那班兑糖客竟然日后造就了义乌小商品市场;卖甘蔗的苗姨丢了账本,会搞错人头,把不欠她的人也当成赊账耍赖的,这让她更被人唾弃;轧米胖的阿忠伯放炮的神态;副食店楼上鬼魅般疑似受人迫害的夫妻;被发现偷西红柿却大大方方告发同伴洗脱自己的少年;大汗淋漓帮母亲晒牛皮的小兄弟们搞得一身牛皮臭;“投机倒把”的“烂眼”如何靠众人的怜悯在市场执法人手下幸存;谷姐拿幼童做掩护私会情人,幼童如何总在她发出莫名其妙受欺负声音时冲进房间去“救美”……果真,受惠于中国乡镇的人口基数,俞赞江拥有比奈保尔更多的原型人物。

他想描绘一个过往的、被大多数人淡忘的舞会,他不厌其烦把一个个舞会人物从溶化和风化的记忆里挖掘出来,同每一个对话,提醒他们自己是旧相识;他跟这些隐匿于现实和历史之间的精灵合作,复制活剧,以文字的胶带放映……

三

对于当今出版物既匮乏生活又抱团摆弄文字的现象我无话可说,可能在一定地域内,拥有值得一写之生活经验的人已过于稀少。

我阅读《小镇旧影》,很留心作者文字的分寸:如何处理“多得消化不掉”的生活体验,是俞赞江这类“富矿写作者”共同的难题。这难题类似一个富有的人如何花钱。

通览《小镇旧影》，我遗憾自己忘了在阅读时开一瓶红酒：这是本不一定会红的书，但也是一本如屠格涅夫的《猎人笔记》般丰厚、诚实、充满原野和河道气息的书。没一丝一毫哗众取宠的姿态，它是赤子对养育他的家乡的描述，是中年人写给青春的情书，是平易而真实记录时代的文本，也是目空任何被指定的“杰作”、不事模仿只做自己的自由文字的合集。

某些评论家若读《小镇旧影》，必会扼腕叹惜，太多能让他们玩弄技艺的好素材就如此平易而朴实地被“浪费”了。

俞赞江像一个拥有整个阳澄湖的财主，可能只喜欢烹饪大闸蟹的螯，将蟹身其他宝物扔回河道。

正如每一个生活在他热爱的世界里头的人，他遵循的是他自认的法则，他无须同谁协调，也不需要听任何局外人的指导。他无所谓评论家的褒贬，甚至他连读者的回馈也未必在意。他吞吐自己的意气，乘兴而行，兴尽而返……

《小镇旧影》这样的作品其实就是凭山川灵气结出的山果，偶然在已被格式化的市场里出现，懵懂地度过上帝赋予它的那一段时间。

书肯定会遇到惊艳它的读者，这无关于读者数量，更无关于销售数据，这是自然生长的果实与寻觅自然果实者之间的对接。

对于《小镇旧影》所描绘的那个时代，我亦无太多可说。我个人的部分小说也描绘了那个时代，只不过我描绘的时代落在上海城的中心，离俞赞江的小镇有一定距离。但那时代的风习毕竟高度统一，我从城市中心而俞赞江从江南小镇同时领略了时代的风华……

时代和时代之间有很多缝隙，我们的一生也许会经历不同的人间，也可能随时重温已领略过的。做人，顺服上帝的安排；我们手里有一支笔，用来记录属于我们的时光，留下蜗牛蜿蜒的真实痕迹……

我们拥有生活，这不同寻常。这使得我们面对舞台，知道每一句台词背后的苍凉。

我们手边通常还有一壶泡得恰到好处的茶，可以温润我们日渐沉默的唇舌。

祝福《小镇旧影》那些带着独特气味和时间斑纹的文字。

可读，可嗅，可抚，可思，是可收藏的烟草和酒浆……

2022/2/17

目　录

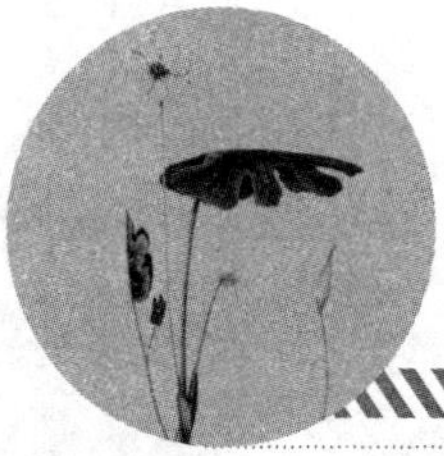

第一辑　命运

牛场主儿

我们小镇的大牛场，紧挨通向县城的大马路，四面有青石垒成的墙垣，墙身早已破旧歪斜，墙上缠满凌乱的藤蔓。大门的檐顶上有颗褪色的红五星，它是革命年代留下的印记，曾经是那么凝重，又那么光彩灼人。那时它号称“浙东第一牛场”，无论是占地面积，还是耕牛的年交易量，都是当之无愧的第一，我们小镇一直引以为豪。

春天时，牛场内彩旗飘飘，人头攒动，场面蔚为壮观，满眼都是一幅幅牛市风情图，那闹猛的场景可与邻近的萧王庙镇和鄞江镇的两大庙会相媲美。那个季节，你若置身于牛场，耳畔时刻荡漾着此起彼伏的牛叫声；映入眼帘的是各种深浅色泽的黄牛与水牛，全被维系在坚固的石栏上，看过去整齐划一，气势恢宏。满场的耕牛瞪着铜铃般的眼珠，不停地摇曳着长尾巴，驱赶着飞舞的苍蝇，牛蹄下铺满干稻草，草间夹杂着一坨坨乌亮的牛粪。卖家们张大嘴巴，喷着唾沫，把自家的牛夸得完美无缺；买家们则鸡蛋里挑骨头，把人家的牛说得全身是瑕疵。刺鼻发酵的牛腥味在春阳下一阵阵席卷过来，却没有人捂鼻子，这些人的嗅觉早已迟钝麻木了，他们可能更喜欢这种熟悉而实在的气味。

一头牛的卖价那时都在几百元上下，足以抵得上一栋房子，抵得上一个姑娘出嫁的聘礼，所以牛贩们对自己的牛是百般呵护，千般照料，牛贩们都有一种潜意识——卖牛如嫁女。他们从三百多里远的天台、黄岩等地辛苦赶来，宁可胶鞋磨烂，脚底起泡，甚至走折双腿，也决不偷懒，或贪图舒适，去骑自家牛。牛贩子老庞说，他们一般都赶五、六头牛出门，但只牵其中三头牛的牛绳，其余的牛自然会跟着。为啥只牵三根牛绳，因为“三”含“散”意，喻示牵出去的牛会很快卖掉，所谓“牛牵三头，百牛会销”。卖牛有如此讲究，作为行业内恪守的规矩，真让外人觉得古老又新鲜。

俗话说，牛马不分家。识马的我们称马伯乐，这识牛的也叫牛伯乐。这牛伯乐名叫赵善强，气质老成持重，个子不算高，眼睛出奇大，眼珠往外凸，身材胖嘟嘟，走路慢吞吞。在小镇，他可是个十分吃香的人物；在大牛场，他是个一言九鼎的主儿。每次牛市，几百号耕牛的交易，大都由赵善强一人裁决和定夺。我不清楚他识牛的技术是不是祖传的，反正他属于供销社的人，代表公家行事。那时他三十多岁年纪，就能娴熟地识别每头耕牛的优劣，判定每头耕牛的价格，掌控整个牛市的行情，还会诊疗牛的各种疾病。在偌大的牛场里，牛贩们必先找到他，然后众星捧月般簇拥着他，走到每头耕牛的面前。

那天，有位买家早早相中了老庞的几头黄牛。按照交易惯例，先是老庞报卖价，接着对方出买价。买卖价的差距似乎不算大，但相互间都寸金不让，各自坚守价格底线。双方僵持中，赵善强叼着半截烟，从远处慢慢踱过来。他绷着脸，鼓圆了眼睛，绕着牛走了几圈，却一言不发，似乎运筹帷幄的样子。老庞赶紧给赵善强递上一支“大前门”，赵善强娴熟又自然地接过来，夹在耳朵上，依旧不吭声。一大群围观者在旁边咋咋呼呼，对老庞的牛品头论足。又过了些许时间，赵善强终于开腔了。

老庞听见自己的心脏在扑通扑通跳荡，脑瓜上直冒虚汗。人们全都屏息静听。

“这牛”……赵善强干咳了两声，清了清嗓子，慢条斯理地说，“这牛的皮厚薄适中，可见内脏器官十分健康，基本上不大会生毛病。那头嘛……它的蹄子不大不小，不厚不薄，说明旱田水田耕作起来都轻松自如，而且看得出步子快，力气大，使唤起来得心应手。这几头都是上等品质的牛，是上等品质啊！”说完，赵善强使劲吸了口烟，底气十足地吐出一大串烟圈。“至于这一头，额头上长有旋毛，是吉祥之牛，买了此牛，家里会消灾避痛，兴旺发达。但别的方面，实话实说，倒属于一般般……”

赵善强庄重的话语充满权威性，让人不容置疑，很像是一段段精彩的颁奖词，大多数都说到老庞的心坎上，也让买家心花怒放，买卖双方是皆大欢喜。随之，双方忙不迭地向赵善强敬烟，也顺便向周围的看客分烟，眼尖者看到买家分的竟是“牡丹”烟，他们与围观者们共同分享着快乐与自豪。接着双方开始谈价格，赵善强继续帮助介入，秉持公道……

当一天的交易接近尾声时，大多数耕牛已花落买家，老庞这些牛贩们像是考完试的学生，满脸显得轻松。他们蹲在地上，手沾口水，仔细清点着一沓沓钞票。少数品质和卖相不合格的耕牛，赵善强逐一给出了中肯的意见，要求它们近期在家多咀嚼鲜草，加强营养调理，等到半月后的牛市，再来牛场交易。

春天的大牛场就是牛贩们的大考场，赵善强便是这大考场里威严的主考官，每年要考量牛贩们的饲养水平和贩牛成绩。牛贩们在此博弈财气，期盼年年好运。

听镇上人说，赵善强对耕牛的鉴别和定价，始终把持一个永恒的原则——积善积德，皆大欢喜。可见干这行当完全凭良心，他也没辜负祖父替他取名“善”字的良苦用心。

小时候，我对赵善强在牛场的卓越表现钦佩不已；稍大时，开始怀疑他如何一碗水端平，兼顾买卖双方利益；长大后，我领悟到任何行业绝不可能一点没有猫腻，凡事多少都有些长期形成的潜规则。只是赵善强做得天衣无缝，或者叫滴水不漏，加上那时社会单纯，人心相对善良，如此罢了。赵善强的工作离不开牛场里成百号牛贩，与他们每个人都要年年打着交道；而牛贩和他们进场交易的耕牛成就了赵善强的人生世界。赵善强已然是牛贩的庇护神，牛贩们对他也敬若神明。

当牛场外的油菜花凋谢时，春天也很快来到了末梢。一年一季的耕牛交易要休市了，牛贩们也将陆续返程，他们怀揣鼓鼓囊囊的卖牛钱，满面春风地走出牛场，他们像南飞的雁阵，一队队将展翅远去。

日头西沉时，最后一批牛贩离开牛场，前往镇上的车站，牛场变得空空荡荡。赵善强站在牛场门口发呆，夕阳把他的影子拉得像皮筋一样瘦长。

此后，赵善强仿佛换了个人，也换了种新的生活方式，闲暇时，他开始关注起舌尖美食，关注起自己的日常享受。他在小镇的集市上慢笃笃地转悠，专门寻找乡下孩子售卖的野生河鳗、甲鱼和螃蟹，出手也比常人阔绰。那次集市上，赵善强曾买走了我们兄弟俩在河沟里捕捉到的一大串野生螃蟹，记得当时螃蟹的市场价为每斤 8 毛钱，赵善强没眨下眼，轻松甩下 3 元钱就拎走了。我们有点受宠若惊，感觉被名人眷顾一般。

看得出，这位牛场主儿表面上心静如水，内心里也许魂不守舍，因为他已离不开那些耕牛和牛贩们，可距离来年的春天却是那么遥远。

越剧少年马小宝

少年马小宝考上县越剧团，是那年我们镇上最大的喜讯。

那时候，马小宝肤色黝黑，眼神透澈，面庞英俊，说话声音带有磁性，浑身上下充满灵气和朝气，是镇上少年中的翘楚。同龄女孩们在老街遇着他，总会回过头来偷看。这样的少年，甭说走在小镇上，就是走在县城大街上，也是英姿勃发，气场夺人。

小宝爹是老实巴交的农民，终日在村里种地；小宝妈是社办企业的会计，在镇上农机厂上班。按理，小宝进越剧团既没家庭背景，又没遗传基因，更何况唱越剧是女孩子们的行当，他一个大男孩跟越剧有何相干。但你得承认，从镇小学念到镇初中，唱歌这玩意儿，同学当中没人玩得过小宝，不知道小宝唱歌的天赋遗传谁。

马小宝 9 岁那年，公社革委会在他爷爷村里开批斗大会，晒场上人山人海，四邻八村的人都赶到了。批斗会开始前，小宝爷爷作为“坏分子”代表，跟各村的“牛鬼蛇神”挤在台后，个个耷拉着脑袋，等待被揪上去批斗。那会儿，小宝挤在人堆里，眼泪啪嗒啪嗒往下掉，为不能阻拦爷爷上台干着急。革委会的徐主任为强化会前气氛，在高音喇叭里要求台下的人自告奋勇跑上去高唱革命歌曲。等到几位大人唱过后，小宝不知哪来的勇气，咚咚咚冲上台去，抱起大话筒，张开嘹亮的童音唱起来，全场哗然，晒场上的人拼命鼓掌。小宝一口气唱了三首样板戏歌曲，会场的气氛被彻底点燃，徐主任可高兴坏了，当他获悉小宝爷孙关系后，当场宣布小宝爷爷免除批斗，立刻回家。那次上台唱歌的结果，小宝始料未及，他在意外中保护了爷爷。

小宝平时曲不离口，放学回家一路蹦跳，一路飞扬着革命样板戏的旋律；音乐课时，小宝是同学们的示唱榜样、音乐老师的得力助手；学校合唱比赛时，小宝的领唱能力一枝独秀。有一次，学校举行独唱比赛，马小宝表演《沙家浜》中郭建光的唱段，刚唱出开头第一句“朝霞映在阳澄湖上”时，台下便是掌声雷动。接着唱“芦花放，稻谷香，岸柳成行”时，台下早已陶醉……此曲让小宝一鸣惊人，成为他在镇上的成名曲，很长时间里，小宝将此作为保留曲目，由此也得了个“小郭建光”的雅号。

本来人家马小宝，纯粹把唱歌作为业余爱好，并没当作一件大事，即使将来要当一件大事，也不会去挑选越剧这桩事，毕竟越剧这种南方曲种，软软糯糯的，阳刚气不足，不适合男人吟唱。但县越剧团的老师却眼光独到，他们认定马小宝是块璞玉，是天然的小生，只要精心打磨，假以时日，必成大器。那个时候，恰逢县越剧团恢复不久，忙于招兵买马，小镇这样的地方，专业声乐机构很少会来光顾，即便民间冒出声乐人才，也是自生自灭，顺其自然。而县越剧团恰好是近水楼台，他们在抢先寻觅好苗子，各镇凡是唱歌好的孩子，经过百里挑一，统统给招揽进来，不管他们喜不喜欢唱越剧。所以，唱歌好的孩子，那时能进入县越剧团，是他们唯一的上升通道。

马小宝从此将端上剧团的铁饭碗，小小年纪就能替阿爸阿妈赚钞票了，并且摇身变为城里人。小宝的命运转变得太快，他和爹妈都没思想准备，全家沉浸在巨大的幸福中，爷爷更是激动得老泪纵横。小宝就读过的学校都以小宝为荣，小宝的光荣事迹被载入母校史册。

镇上像我这样与马小宝同龄的人，久居这弹丸之地，本来就不大安心，随着人渐渐长大，心中的目标变得高远，日渐嫌弃眼前闭塞的环境。县城对我而言，是“诗和远方”，啥时也像小宝一样一脚跨到县城里，去打量和拥抱那片斑斓迷人的世界。这样的欲望，日夜萦绕在我心头；这样的欲望，也时刻干扰着家长们原先平静的思绪。

马小宝考上县越剧团的事迹，让家长们教育自家孩子时，奋斗的目标不再空洞，他们终于获得了身边的鲜活教材——马小宝励志故事。我母亲也开始喋喋不休地数落我，夸人家马小宝如何有出息，羡慕马小宝母亲在镇上多有颜面……我的耳朵每天听得快要生茧了。

用今天的话来说，马小宝就是典型的“别人家的孩子”，马小宝自然成了我的“夙敌”，他是别人家的孩子，而母亲硬是拉我与他攀比，没办法，她的心里早已住了个“别人家的孩子”，我的内心感到非常压抑。那些日子，我每天在铅画纸上苦苦作画，一心想追逐马小宝前行的脚步，幻想成为一名画家，像小宝那样有出息。可是我的天赋毕竟有限，不可能像小宝那样遇到大好机遇。

看来我与小宝不在一条道上，我们之间距离差得太大，他在繁华的县城里展翅翱翔，我只能在寂寥的小镇里仰望星空，默默祝福他。小宝去城里后，与我们渐渐失去联系，不久音讯全无。

1978 年，越剧电影《红楼梦》解禁后，重新在全国上映。那几天，镇上的大礼堂日夜跑片，观众如潮，我一遍遍跑去观看，徐玉兰扮演的贾宝玉是那么俊美迷人，她的演技又是那么出类拔萃，我情不自禁想起了马小宝。如果现在让我们年轻的小宝来扮演贾宝玉，说不定会轰动全县吧，也许我的想法跟镇上好多人一样，他们也可能在惦念马小宝吧。

众所周知，小生是越剧大戏中最重要的角色，小宝演小生的唱段自然就多，舞台上逗留时间也长，所以小宝会是越剧团里的大红人物。

1979年春节过后，我们全家迁徙到县城。那时我正念初中，每天要经过县城东门路，县越剧团就坐落在东门路上，门口挂着剧团的大牌子，里面高墙大院，几幢民国建筑，显得气势非凡，这就是传说中的马小宝单位，我肃然起敬。听见里面传来婉转缠绵的演员唱腔，还有由提琴、二胡、笛子、琵琶、扬琴等组成的悠扬动听的演奏音乐，我猜想一大群演员在里面的大舞台上专心排练。我立马想到了马小宝，小宝现在的唱腔水平该炉火纯青了吧，人家现在是大明星了，说不定早把我们当年的小伙伴忘了。后来每次路过越剧团，我总看见有穿蓝色灯笼裤的漂亮演员进进出出，却从没碰上过马小宝。

一个春寒料峭的早晨，我看见县越剧团洞门大开，小洋楼对面的舞台上，演员们人头攒动，乐队演奏声齐鸣，一派热火朝天的景象。我猜想越剧团正在排演大戏，准备在后门外的人民剧场隆重上演，也可能赴外地交流演出。但我关心的是马小宝，我想挤进大门去看小宝在台上光彩逼人的形象，却被严厉的门卫给挡住了，我只能怏怏而回。

80年代某天晚上，我去县人民剧院观看由县越剧团演出的越剧大戏《盘妻索妻》，演员们一茬茬上台，我睁大眼睛使劲找台上的小宝，从头到尾依然没找到。可能在这场戏中他没有角色，暂时没上场吧，我这样安慰着自己，结束了那一晚的观剧。

岁月更迭，我的人生不断翻篇，我已不再记挂马小宝，也不再仰慕马小宝，他在我心中渐行渐远。1990年，曾经风光无限的县越剧团解散，体制变更，主体并入文化馆，许多演员遭遇分流，各奔东西。

很多年后，我从别人口中得知，马小宝在那次分流中下岗了，没能进入体制内的文化馆，原来他一直属于体制外的人，这让我唏嘘不已。他回小镇后，去一家著名的服装企业打工，干过各种岗位，业余时间，偶然与一帮越剧爱好者吊吊嗓子，过把旧瘾。文化馆的老同事们有次去小镇演出，他宝刀不老，再度上台，颇有当年风范。可惜我获知的仅是他的零碎消息，无法了解他全部的人生轨迹。

现在我也不敢贸然去找马小宝，不在一条道上，怕彼此有距离，见了面会尴尬，但这可能是我的矫情和主观臆想。我想，如果当年他没被县越剧团招走，他的人生该是另一番模样吧。

陆军“连长”

陆军姓陆，名军，年少时，是我形影不离的小伙伴。

陆军上有哥姐一大串，排行在最末端，父母和哥姐对他宠爱有加。也许是爱之过切，导致大补过头，物极必反，陆军长得又矮又瘦，民间俗称为“僵个猫”。但浓缩的往往是精华，陆军的生相活络，灵巧好动，而且满脑瓜都是鬼点子。

那时，我们班课余时风靡陆战棋，陆军对此情有独钟，算得上班上的积极分子，每天找人对弈，乐此不疲。有同学封他为小“工兵”，他很不服气，认为这是在故意贬低他，歧视他，宣称自己适宜做连长，说大凡连长都腰挎威武的驳壳枪，率兵打仗冲在前线，电影《南征北战》里的张连长、电影《渡江侦察记》里的李连长、电影《奇袭》里的方连长等，全都是他崇拜的偶像。自此，陆军“连长”这个名号当仁不让地在小镇被叫响。

战争片看多了，各种打仗时的惊险偷袭场景便烂熟于心。可惜陆军连长生不逢时，和平年代再也没有战争机会，他这辈子似乎将英雄无用武之地了。但陆连长不愿如此沦为平庸之辈，他开始搜寻现实生活中惊心动魄的“战斗”事件。

有一次，经过缜密侦察，他发现孤寡老人“老酒壶”家的庄园里结满了金黄色的橘子，十分诱人。可是庄园里“老酒壶”的戒备很是森严，四周虽没围墙，却栽着高大厚实的荆刺，别说人钻不进去，连野猫见了也肯定退避三舍。庄园西端是一栋古旧的楼房，白天的“老酒壶”要么眯缝着双眼，纹丝不动坐在屋檐下；要么手握老酒壶，细酌慢品，居高临下看护着庄园里的一草一木。这阵势，一般人很难找到下手的机会，肯定会打消念头，但陆连长就不信邪，他的老鼠眼滴溜溜整整转了三天，办法就想出来了。

那天黄昏，陆连长从家里偷偷背来把大铁剪，分派我去远处望风，自己则匍匐前进，慢慢靠近刺蔓，像排雷一般，小心翼翼剪开一个大窟窿，然后压低声音，招手我速速过去。我俩一前一后爬进向往已久的庄园，只见里面种满了花花色色的菜蔬豆荚，还有鲜红的秋天小番茄，四边的橘树上挂满了金灿灿的橘子，橘香扑鼻。而屋檐下竟然不见“老酒壶”的身影，大概这会儿是“老酒壶”进屋做饭时间。我们分头散开，手脚麻利地摘了一大堆橘子和小番茄，装进各自的书包，然后又从窟窿处麻利地钻出，沿原路返回。这时，细心的陆连长没有马上撤离，而是折转身，对那处窟窿作了精心修补，直到看不出异样。事后我得知，选择这个时候行动，是他事先踩点掌握情报的结果，我不由得折服于陆连长的心机与胆魄。

小镇东隅有一条蜿蜒曲折的小河，河边断断续续点缀着一丛丛芦苇，河东属于新塔村，河西属于镇上的村，这条小小的界河在那些年成了我们“兵家”必争之地，沿岸遍布战壕和陷阱。两村孩子隔三岔五在此展开“游击战”“对攻战”，河两岸常常是泥巴块漫天飞舞，喊杀声震天动地，连附近的麻雀都躲得无影无踪。双方觊觎的目标不外乎各自田野上的农作物，一方要捍卫，一方要破坏。这里成了陆连长大显身手的“战场”，由于率领小伙伴们屡立战功，大家集体表决，一致同意封他为“战斗英雄”的称号。

盛夏午后，被烈日炙烤着的农作物全都萎靡不振，知了在河边的柳树上不知疲倦地扯着嗓子，两岸一片死寂。对面“敌方”的田野上是大片的番茄地，数不清的殷红果子在万绿丛中闪烁着耀眼的光芒。鲜明的视觉冲击与强烈的饥饿感，无法让我俩内心平静。我们一遍遍想象在“敌方”的番茄地里酣畅淋漓地偷摘番茄的场景，这仿佛是去神秘的伊甸园，偷摘那些五颜六色的禁果，这是多么惊心动魄的事情。现在这个酷热的午后，是鬼都不敢出来的时辰，无论如何该去“偷袭”了，我与陆军连长决定游过小河去对岸。

我们四下里侦察了十分钟，确信没人，就唰唰唰脱掉汗衫裤衩，又把汗衫卷起叼在嘴里，赤条条下河，眨眼游过七八米宽的小河，敏捷地爬上河东岸，一头扎进番茄地。绿色的藤蔓上缀满了诱人的红番茄，我们的两颗小心脏像闯进了两头激烈的小鹿，“突突突”地乱蹦乱撞。我们喘着粗气，专挑最大最红的番茄。各自摘了十来只后，我们把汗衫的领袖口用稻草扎住，充当布袋，装入番茄。然后又迅猛地跳进河里，一手划水，一手托举着一大袋番茄，快速地游到岸边。刚跌跌撞撞上岸，还来不及穿上裤衩，分享成功的喜悦，突然，河对岸远处骂骂咧咧出现个老阿婆，宁静的河岸仿佛引爆了颗定时炸弹，刹那间天崩地裂。

“快跑啊！”我惊慌失措，边催促陆连长，边扔掉番茄，光着屁股，狼狈地往北边奔逃起来。等我气喘吁吁跑了一段路回头看，却见陆军连长压根儿没跑，仍然站在原地，并向对岸的老阿婆一个劲地讨好：“阿婆，我真的没偷过，是他在偷，你看他逃跑了。”边说边把我母亲的工作单位和姓名一股脑儿泄露给了老阿婆。

一个在逃，一个没逃；一个做贼心虚，一个正大光明，并勇于检举揭发，老阿婆马上心知肚明，随即和颜悦色，夸赞陆军是乖孩子。然后绕过河来，捡起地上的番茄，屁颠屁颠赶去我母亲单位告状。

我自知这下闯了祸，在田野上磨蹭着，许久不敢回家，那一刻，我对红番茄的美好印象早已荡然无存。天黑后，我才鼓起勇气怯生生溜进家门。意料之中，我受到了母亲的严厉呵斥，有没有受皮肉之苦，却已记不清了。

事到如今，我都搞不懂陆军连长为何要“出卖”好朋友，当时他完全有时间选择逃走，而且我们与老阿婆素不相识，更何况她在河对岸颠着小脚，插翅也飞不过来。我不禁怀疑陆军连长的骨子里天生就藏着一种“告密”基因，一旦遇上了合适时机，他就会尽情释放。如果那次偷摘橘子也被“老酒壶”发现，他同样也会这样揭发我，想想我有点后怕，幸亏这些事不是发生在战争年代。

那件事后，我与陆军的友情遭受了一场挫折，但后来彼此重归于好，毕竟是小孩子，不会耿耿于怀。几年后，我们举家迁徙城里，就此失去了他的音讯。再后来，我听镇上同学说，十八岁那年，他得了重病不幸夭折。我扼腕叹息：这世上少了一位心绪复杂的“连长”，这镇上也中断了他后续的许多“战斗”故事。

卖竹制品的“烂眼”

农历五九，照例是小镇的集市。天还没亮透，十里八村的农民们便挑箩挟担涌到老街，忙不迭地抢摊占位。而光德桥下的剡江河埠头，早已横七竖八泊满了各类船只，一捆捆、一坛坛货物源源不断从船上被搬下来。渐渐地，在攒动的人头和此起彼伏的叫嚷声、吆喝声中，小镇正上演着一幅气势恢宏的清明上河图。

旧时镇上的集市南起老街南口，北至光德桥上，烂眼和他的竹器摊是整个集市一道独特的风景。

记忆中的烂眼，宛若儿童剧里画着红眼圈的滑稽人物，三十多岁光景，高个偏瘦，姓啥名啥，无人知晓。他的双眼因何而烂，烂了多久，烂的程度，均无人知晓。那年月全镇老少都这么喊他，四邻八乡的农民也这样叫他。幸好烂眼烂的是眼眶，未触及眼球，对日常的视力影响有限。

烂眼在小镇的集市上独家经营竹制品，品种形形色色，诸如竹篮、竹帚、竹篓、竹匾、竹筛、簸箕、谷箩、食罩、蒸笼……要啥有啥，全镇的人几乎都要买他的竹器。

老顾客们有经验，说挑选竹制品时应尽量低头，避免与烂眼的目光正面对视，不然你的眼睛立马也会火辣辣，然后忍不住用手揉，揉着揉着，说不定自个儿也变成了烂眼，这话未免有夸张的成分。

烂眼的摊位固定在光德桥南头往庵弄街拐口，选择这样的位置彰显烂眼的深谋远虑。首先它是桥头堡，占据着集市的制高点，来来往往的人流都能瞩目，商业价值非常显著；其次，背面是东西向的塘墩（拦洪堤坝）大道，能进能退，有利于快速逃跑。为什么要逃跑呢，全因为烂眼这行当，用当下称呼，叫摊贩，但不会流动。可烂眼的根子就出在这个“贩”字，贩即贩卖，指买进卖出，那年代叫投机倒把，这是资本主义的尾巴，跟社会主义水火不相容，是万万不允许的，必须毫不留情割掉。谁来割，打击投机倒把办公室（简称“打办”）来割，即今天工商所的前身。

那时，“打办”地处老街南口，门面朝西，约三间屋面宽，临街隔着一排木格子玻璃门，里面的旧地板踩着总会发出“吱嘎吱嘎”难听的声音。每逢有“投机倒把分子”被抓，玻璃门外总趴满大人与孩子，人们胆战心惊又无比好奇地偷窥里面的人被训斥和殴打的情景，不幸的是，烂眼总是成为“打办”的常客。

“打办”的一把手叫老应，是位转业军人，这位操苏北口音的老干部，俨然是小镇里裁决投机倒把的最高法官，与烂眼是一对水火不相容的冤家。老应管理烂眼，是履行本职工作；烂眼躲避老应，是要赚钱和生存，所以他只能挖空心思搞“投机倒把”。天长日久，人们就把他们的关系比喻成“老鹰抓小鸡”，老应成了老鹰，一只犀利凶猛的老鹰。

老鹰初识烂眼很偶然。那天是农历廿五的集市，老鹰佩戴着“打办”的红袖章，开始常规巡查。从老街南头到北头，全长仅 200 多米，但这会儿，赶集的人流把老街挤得水泄不通，老鹰走在逼仄的街头，逐摊扫描有否投机倒把现象，速度自然慢得像蜗牛。没等老鹰查完半条老街，“老鹰来了”的消息已像击鼓传花，老早传遍各个摊位，该躲的早躲起来了。待老鹰查到庵弄街拐口时，突然发现一个双眼溃烂的陌生摊主，正扯着嗓子起劲叫喊着，面前摆着五花八门的竹制品，数一下足有一百多件，并且一人占了三个摊位。老鹰像是发现了“新大陆”，双眼发光，显得异常兴奋。

“这些东西是从哪里来的？”老鹰的质问咄咄逼人。

“自家编的。”烂眼显得不慌不忙。

“谁编的？”老鹰穷追不舍。

“阿拉老婆与我。”烂眼略显紧张，脸上的肌肉有微微抖动。

“胡说八道！”老鹰突然怒不可遏。

“我说谎，你挖掉我眼睛！”烂眼信誓旦旦。

“我不要挖你的这双烂眼，把这些……全部没收！”老鹰不容烂眼多说，就一锤定音。

烂眼不知所措，木然呆立了一会儿，突然蹲下身来号啕大哭，周围全是看热闹的人。烂眼哭了许久，直到隔壁打铁店“叮叮当当”的声音把他的哭声完全淹没。原来烂眼初来乍到，不谙市面行情，还对相邻摊主的提醒劝告置若罔闻，初生牛犊不怕虎的烂眼为自己的鲁莽付出了沉重的代价。

烂眼第二次来集市，脸上平添了几道伤痕，据说是那次回去被凶悍的老婆抓破的，老婆把对老鹰的满腔愤懑一股脑撒在烂眼身上。烂眼底子忠厚，向来怕老婆，每次卖完竹制品的钱，一五一十上交，一分钱不漏。那次在“打办”，老鹰要求烂眼在保证书上立誓：往后每次来集市最多卖 10 件，超出就算投机倒把，全部没收。因为老鹰有十分把握，判断烂眼的竹制品是从别处贩来的，而烂眼死不认账，一口咬定是自家编的。由于证据不足，老鹰只能从数量上控制烂眼的投机倒把行为。

吃一堑长一智，烂眼这次变聪明了，大清早就把运来的竹制品全部藏匿到身后的公共厕所里，然后取10件，卖10件，摊面上始终保持10件数量。老鹰巡查到此，瞅瞅烂眼和他的10件竹制品，感到满意，就放心地离开了。

烂眼偷藏竹制品东窗事发，是历经数个集市之后。有人搞恶作剧，把烂眼藏在男厕所的竹制品统统扔到了隔壁女厕所。烂眼卖完了手头的竹制品后，见此情景，骂骂咧咧，一头撞进女厕所，不想惊吓到了里面方便的女人，于是大喊抓流氓。"打办"的老鹰闻讯赶来，真相大白，气得老鹰当场就把剩余的竹制品全部踩扁，末了，还把烂眼捆成粽子般，押送到"打办"惩罚。

慑于老鹰的强大威力，烂眼开始谨慎行事，每次来集市总是把那些竹制品东藏西掖。公共厕所看来已毫无安全可言，因为老鹰每次到烂眼摊前检查，必然先直奔厕所。道高一丈，魔高一尺，烂眼这个不屈之人，不久又想出了对付老鹰的好办法。

夏秋两季，剡江堤坝两侧长满碧绿茂盛的芦苇，烂眼把竹制品藏在密密匝匝的芦苇丛里；冬春两季，没了芦苇，烂眼就把竹制品寄藏在庵弄街几户老太太家里。那年代，镇上同情烂眼的人多，几乎没人会做奸细，专门去向老鹰告密。烂眼得到了镇上群众的暗中保护，如鱼得水。这让他依旧上演着取10件、卖10件的老戏法。

每次老鹰来烂眼摊前检查，看到烂眼已经安分守己，老鹰起初也有点半信半疑，还故意杀了几次回马枪，但都没发现有什么异常。老鹰也信以为真，渐渐放松了警惕，直至彻底死心，最后甚至把烂眼列入免检对象。这时候的烂眼已经是见惯各种风浪的人，遇到什么事，都是处乱不惊，竹制品生意做得愈加红火。

1978年以后，集市上的人们渐渐发现，老鹰已对类似的投机倒把行为开始睁一只眼闭一只眼，形势在不知不觉发生着变化，就像早春时节，冰封的大地呈现出解冻的迹象。

1979 年春天，烂眼做梦也没想到，一个叫工商所的全新机构在镇上完全取代了原先的“打办”，这一年，老鹰也光荣退休。烂眼突然预感到，属于他的春天已经完全降临。

卖棒冰的福贵

卖棒冰的福贵四十多岁，这岁数搁现在看不大，但那时我们觉得已经挺老了。

我是听着福贵的叫卖声长大的，打我记事起，他就推着车沿街叫卖，我的耳朵里时常聒噪着福贵声嘶力竭的叫喊，听着烦心却又无比欢喜。

福贵和他卖的棒冰是那年代镇上人的集体记忆。

每年夏天，每天上午九点，福贵会分秒不差从县城抵达后胡村，只要越过那棵老槐树，他就像一只兴奋的公鸡，昂起酱紫色的脖颈，朝着北面三里外的小镇，威武地发出第一声鸣叫："棒冰，冷藏棒冰！"随后，福贵猛吸几口凉气，抖擞起精神，加快了推车前进的步伐。

尽管还看不清福贵的身影，镇上的孩子们早听见了来自南边的叫喊声，他们手攥硬币，欣喜若狂地跑到街口，静候福贵的大驾光临。福贵的小推车越来越近，喊声也越来越响，孩子们的心也跳荡得愈加厉害。由于天气太热，怕棒冰化得快，福贵一路赶来是心急火燎的，他在跟时间赛跑呢。

那时不允许个体卖棒冰，镇上的棒冰全由镇上国营饮食店独家经营，而福贵是饮食店唯一的销售代表。每天天没亮，福贵就要起床，快步赶到 9 公里外的县饮服公司棒冰车间，然后马不停蹄赶回小镇。福贵每天往返 18 公里，加上在小镇里角角落落转悠的路程，整个夏季，他的双腿大概要走完 3000 公里，要磨破 5 双崭新的胶鞋。福贵卖棒冰如此艰辛，在小镇历史上算是空前绝后了。

福贵旧社会是个孤儿，没爹没妈，也没名没姓，酷似张乐平笔下四处流浪的三毛，三毛头上几乎没毛发，福贵头上的毛发也像戈壁滩上的骆驼草，东一茬西一丛，似秃非秃，民间称作“癞头”。我同学爷爷解放初期是位小商贩，攒了不少钱，他看福贵可怜，毅然收养了这个“癞头”孤儿，为图吉利，帮他取名为福贵。翻身后，福贵一直在镇上饮食店打杂，店里的重活脏活都由他包揽，从不叫一声苦。后来店里要物色专人卖棒冰，负责人阿珍老太在店里费尽口舌做动员，就是没人愿意干，无奈中，老太想到了孤儿福贵。

“棒冰，奶油棒冰！棒冰，白糖棒冰！”眨眼间，福贵已近在咫尺。他头戴破草帽，颈缠旧毛巾，身穿褪色的灰布衬衫，裤腿高高挽起，手背青筋暴绽，皮肤油光发亮，浑身散发着刺鼻的汗酸味。那辆小推车，刚好容纳两只笨重的棒冰箱，前一箱装着 500 根白糖棒冰，后一箱装着 500 根奶油棒冰。眨眼间，福贵已陷入孩子们的层层包围圈里。

穿镇而过的剡江，把小镇分成前街和后街两部分，剡江的南面称前街，剡江的北面称后街。纵贯前街的 200 米老街，是小镇的繁华之地，周边居住的大多是居民户。而后街压根没有一条像样的街，那里聚集的大都是农业户，依塔山居住。从地理位置和销售量考虑，福贵是按先前街、再后街的顺序卖，去后街一般是午后，所以农业户们买到的棒冰多半已变软了，就像福贵此时的叫喊声显得低沉无力。后街的农户们对此很有意见，多次向福贵提出抗议，福贵只好把这个顺序倒过来卖，这下得罪了前街的居民户，指责他本末倒置。由于两面不讨好，福贵干脆哪里也不去，就驻扎在前街与后街的边界线——光德桥上，左右开弓，呼南喊北，剡江两岸回荡着福贵浑厚沙哑的叫卖声。江面上的船老大听见了，船靠不上岸，人又上不了桥，只好咂巴着嘴巴，直淌口水。福贵这是在跟人赌气呢。那会儿，前街和后街买棒冰的人全往光德桥上跑。

不久，有人气咻咻跑到阿珍老太处告状，揭发福贵一碗水端不平。阿珍老太是位老共产党员，解放前曾从事地下交通站工作。解放后她受组织委托，长期负责照看这位出身贫寒、苦大仇深的孤儿的成长。老太先是严厉批评了福贵的自私自利行为，接着讲了一番革命道理，最后告诫福贵不能翻身忘本，要对人民大众充满深厚的无产阶级感情。福贵从小害怕阿珍，每当阿珍对他耳提面命，他总是耷拉着脑袋，一声不吭。后来，聪明的阿珍老太用单双日轮流的办法，帮助解决了福贵无法掌控前后街卖棒冰顺序的难题。

中午时分，小镇像一座烧热的大砖窑，到处热浪滚滚，那些极度干渴的狗儿们也跟在福贵的小推车后嘀嘀嗒嗒流口水。耐不住酷热的人们络绎不绝地围住福贵的棒冰车……这个时段，福贵的叫卖声是任何人都挡不住的诱惑。从福贵手里递过来的棒冰，晶莹透凉，剥掉外纸后，人们习惯先用鼻子使劲闻，再伸出舌头上下左右舔，然后用嘴唇缓慢地吮吸，谁都舍不得用牙齿咬，为的是尽量延长这惬意美好的时刻。那年月，走在路上，嘴里叼根棒冰，是一件很荣耀的事，为啥，回头率高，自我感觉好呗，就好比后来20世纪90年代有人骄傲地握着砖头般的“大哥大”招摇过市。

然而，不管天再热，口再渴，福贵决不会吃自己箱子里卖的棒冰，不占近水楼台之便宜，实在忍不住了，就拿出水壶，咕嘟咕嘟灌几口壶里的凉水，打发自己了。

午后，手推车不知不觉变轻，福贵的脚步也渐渐轻盈起来，叫卖声变得稀稀落落了，一天的任务行将完成，歇脚的时候也近了。三点钟，木箱内还剩下30来根棒冰。四点半，福贵习惯性地坐在老街的家门口，迎着习习凉风，慢悠悠地清点着一大堆银色的硬币和一沓沓被揉皱的纸钞，旁边围满好奇和眼馋的孩子。五点半，福贵无比轻松地喝上了打来的烧酒，嚼着香喷喷的油炸豆板。七点钟，福贵捧着养爹给的那台小收音机，摇头晃脑沉醉于铿锵宛转的样板戏里。这是福贵一天里最幸福的时光。

福贵卖棒冰不怕炎热，就怕阴天或雨天，因为棒冰的销量跟气温的变化息息相关。过了晌午，如果棒冰箱还是感到沉甸甸的，福贵的心头也像天上的一团团乌云，无比沉重。因为弄不好这一整天就要亏本，阿珍老太就要责骂，就要他好好找原因。这时，福贵变得万分焦灼，声音喊得震天价响，似乎在恳求所有街头路人行行好。如果还卖不完，傍晚时分，福贵就使出最后一招——削价处理，尽力捞回本钱，这是万不得已的事情，宣告他今天25公里白走，全身臭汗白流。这时候，有父母就叮嘱小孩故意拖着时间不买，为的是等待福贵削价的那一刻。

“奶油棒冰5分卖3分喽！白糖棒冰4分卖2分喽！”终于听到福贵期待已久的喊叫声，各家的孩子像离弦之箭，或捧着饭碗，或提着搪瓷杯，从四面八方蜂拥而至。福贵小心翼翼地把一根根变软的棒冰搁在他们的碗里或杯里，嘴里却忍痛割肉般地嘟哝着。

这一天，福贵的脸色很难看，情绪很低落，烧酒也无心喝了，匆匆扒几口冷饭，倒在床上，闷头就睡。

每年的夏天总会如约而至，福贵总干着他的老行当。在小镇的地盘里，福贵可以闭着眼睛，随心所欲地叫卖，因为福贵处处受人重视。在小镇人心目中，夏天买福贵的棒冰吃，早已成为继“柴米油盐酱醋茶”之后，另一项举足轻重的生活内容。

但天有不测风云，时光走到70年代末期。那天，有个戴墨镜的后生骑着一辆重型自行车，车后驮着一只绿色的棒冰箱，一路叫喊着闯进了小镇。后生操鄞县口音，卖的是宁波产的棒冰，因为色香味俱佳，棒冰旋即被抢购一空。福贵面对此情形，有点猝不及防，在一旁干瞪着傻眼。

往后的日子里，骑车卖棒冰的这个后生时不时闯进小镇，福贵的生意开始走下坡路，棒冰的销售量一天天减少，人们开始向往宁波棒冰的高级口味。又过了几年，镇上卖棒冰的个体户不断冒出，小镇的棒冰生意逐渐被瓜分，福贵棒冰的老牌地位面临严重挑战。尽管形势岌岌可危，但福贵不为所动，继续替镇上的饮食店起劲叫卖着，顽强地维护着集体棒冰最后的荣誉和地位。

生意一落千丈的同时，福贵在人们眼里好比牛身失毛，无足轻重。那帮吃福贵棒冰长大的毛头小子，早不把福贵放在眼里，对福贵棒冰横挑眉毛竖挑刺。有一天，某位小伙子为一根硬度不足的棒冰，与福贵纠缠不休，争执中，双方动手，小伙子突然热血冲脑，挥拳击中福贵的眼睛，福贵的左眼当场致残。

福贵终于告别了卖棒冰行当，不卖棒冰的福贵从此郁郁寡欢，连阿珍老太苦口婆心的开导也听不进去，没过几年，竟莫名其妙病故了，阿珍老太为此悲伤了数月。

谷姐的花季

谷姐不是我养娘的亲生女儿，谷姐的亲娘很早就去世了。我养娘作为后妈，含辛茹苦把谷姐养大，养娘膝下无孩子，谷姐便成了她唯一的女儿。谷姐眼里，养娘胜过亲娘；养娘眼里，谷姐胜似亲生女儿。幼年时，我曾寄养在她们家，谷姐要比我大十几岁。

我四五岁开始，谷姐总是牵着我，在镇上各个角落晃悠。那时在我眼里，谷姐是个很大的人，也不知道她有多大，小屁孩是不会去关注她的芳龄。现在推算，那时她应该是十六七岁吧，正值花季年龄，青春奔放，春心萌动。但谷姐生活的年代，决非今天那么多彩而浪漫，那是个灰色而压抑的年代。

谷姐的花季是不露声色的，从她衣着打扮上，从她面部表情里，从她言谈举止中，一点儿都看不出，一点儿都没惊动任何人，哪怕她身边的跟屁虫弟弟。只是那几年，谷姐特别喜欢带着我逛，逛过的地方也特别多，我差不多都忘了，却对镇上的打铁铺印象深刻。

那打铁铺坐落在庵弄街上，背靠剡江的堤坝，有朝南三间门面，店铺里的布局杂乱肮脏，叮叮当当的打铁声，整天不绝于耳。记得黑乎乎的店内，火炉有好几口，风箱有好几台，打铁墩有好多座，打铁的师傅和伙计有好多个，地上横七竖八躺满各种形状的铁疙瘩。店铺内总是热火朝天，笨重的风箱用力拉动着，发出低沉的喘息声；炉灶里的火苗在劲风的吹奏中欢跳着，升腾着；金属的打击声不停地震荡着，俨然富有节拍的奏乐。师傅和伙计们的神情是那么专注，他们穿着沾满铁锈和油污的围裙工作服，一个个汗流浃背，浑身散发出浓厚的铁器味道。那时，打铁铺负责锻打全镇所有的铁制农具，是农业生产不可或缺的“后勤基地”。

这样的地方，无论如何与女人沾不上边，尤其与谷姐那么纤弱清纯的姑娘毫不相干，打铁是粗壮男人干的活，那是充满刚性的男人的战场，谷姐这样的人须躲得越远越好。

可是，打铁铺的夜晚与白天是两个迥异的世界，白天这里喧嚣劲爆，夜晚却是宁静平和，连打铁的后生们也由邋遢变得容光焕发，他们进出店铺小门，显得频繁而活跃。这让打铁铺的夜晚，陡增了一种神秘动人的氛围，也吸引了谷姐这样的姑娘。

打铁铺后生们的寝室在楼上，去楼上要穿过店铺间。因打铁铺从不开夜工，所以店铺内黑灯瞎火，伸手不见五指，地上的堆物会让人跌跌撞撞，而后生们熟谙这场地，全凭感觉穿行，在黑暗中进出自如。这楼梯是木板做的，年份太久了，踩上去会发出嘎吱嘎吱的声响。

谷姐经常带我去打铁铺的楼上，那里有个叫魏根的瘦高个后生，让我难以忘怀，他应该是谷姐的目标人物。我不知道是魏根主动约会谷姐，还是谷姐主动找上门，抑或是彼此早已约定好的，毕竟魏根住集体宿舍，身边没有父母监督，行动相对自由。而谷姐家里有父母在，行动不自由。那时候压根没有电话，更没有手机微信，同一个镇上也不可能鸿雁往来。他们之间是如何联系的，无非像电影里的地下工作者，采用各种秘密巧妙的方法。

按理，谷姐暗地里找男朋友，是很私密的事情，干吗要带上我这个小包袱。许多年后，我猜测，谷姐带上还不懂事的我，可能是一种特殊的掩护，用来搪塞我的养娘；可能是一种外在的保护，让魏根碍于身边的小孩，不敢轻易欺侮自己；也可能是一种相互间的壮胆，用来对付穿越店铺间时面临的漆黑与恐惧。

我们从楼梯上嘎吱嘎吱下来，谷姐紧紧攥着我的手，我牢牢贴着谷姐的身体。我们眼前是深邃的黑暗，仿佛是一堵厚实的铁墙，从四面八方挤压我们，让我们窒息，阻挡我们前进。但有谷姐在，我啥都不怕，我们总是快速穿过铁匠间，合力甩掉黑暗。奇怪的是，我们从没被里面的东西磕碰过，也没被其他异物惊吓过。

谷姐与魏根见面时，谈的话题和内容，我一点都没记忆了。关键时刻，也许他们把我支开了，让我在一边玩；也许我根本没在听，或者听不懂他们所谈的内容。那个年代，男女青年能谈些什么呢，他们每天囿于小镇市井，见过的世面实在有限，文化生活也太枯寂，连看电影都是凤毛麟角的事情。

有一次，我在魏根的寝室，听见谷姐一阵撒娇般的哭声，是不是谷姐被欺侮了，我立马从隔壁跑过去，举着小拳头，向高大的魏根示威，表达我内心的不满。魏根在旁看着我，哈哈哈大笑着，而谷姐却显得若无其事，除了脸上还留有一片鲜艳的红晕，随后她一把将我搂在怀里。以后几次，我又听见过谷姐这种奇怪的“哭声”，我每次跑过去，都于事无补。我对谷姐始终捏着一把汗，总觉得她一个弱女子，怎么也斗不过人高马大的魏根，又恼恨自己还没长大，无力保护谷姐。魏根一次次地“欺侮”我的谷姐，我有点不喜欢魏根了，开始讨厌起魏根，直到极度憎恨他。与此同时，我也纳闷，谷姐为何乐此不疲与这种“坏人”打交道。

那时，我不清楚镇上的打铁店是否属于集体企业，打铁的职业是否算捧上了铁饭碗，但做工的毕竟要比务农的吃香，这是那个时代人们形成的共识，由此推断，打铁也是个让人艳羡的行业。更重要的是，打铁是男人的活，打铁需要力量，需要胆量，没有力量不能打铁，没有胆量不敢打铁，没有吃苦精神不愿打铁。所以，打铁的男人一定有力量，有胆量，能吃苦。艰辛的职业磨砺了他们，他们应该也最懂生活，应该也最会理解女人，保护女人，让女人有强烈的安全感。

谷姐肯定是出于这种朴素的想法，在生活中寻找理想的伴侣，这种想法一定在她内心积攒了好长时间。魏根除了个子高，相貌算不上漂亮，走路有点摇晃，而且头顶有点秃，但情人眼里出西施，这些都可以被谷姐忽略，谷姐内心喜欢魏根，这是不争的事实。我想，如果再长大几年，我会改变对魏根的看法，甚至盼着魏根做我未来的姐夫。

谷姐在花季里，像山野里一枝含羞的花朵，默然盛开在自己的心灵深处，谷姐的心事外人都不知，连我的养娘也不知。我的养娘是个恪守传统的女性，她坚信，父母之命，媒妁之言，女儿的婚姻必须依托媒人完成。如果谷姐与魏根私订终身，我养娘是断然不会同意的。

八岁那年，我到上学年龄了，我被寄养的规定期限也到了，我不得不离开谷姐。关于谷姐与魏根后续的故事，我就不得而知了。

第二年，谷姐结婚了，新郎不是魏根，而是我养娘兄长的儿子，那年谷姐才二十出头。他们的婚姻虽然算不上近亲，但总归是表兄妹关系，感觉有点怪异的。

我不知道谷姐后来是怎么处理与魏根的关系，我想，谷姐永远不会告诉我发生在她身上的那些幕后故事。

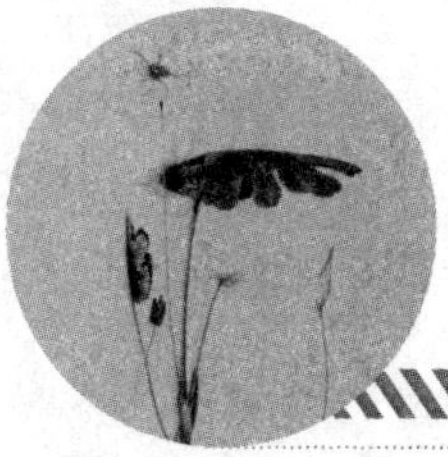

第二辑　艰辛

剡江来咸水了

我们小镇的版图上，山青水绿，平原广袤，河道纵横，母亲河——剡江穿镇而过。剡江自四明山东麓逶迤而来，沿途接纳无数支溪流，抵达小镇后，与我们亲密吻抱，然后昂首向东，在方桥三江口汇合成奉化江，继续向东流，在宁波三江口并入甬江，最终奔入东海。

数百年来，奔流不息的剡江水滋养了一代又一代小镇人，让小镇拥有了水镇的美名，小镇人也自小喝惯了剡江水。夏日傍晚，河埠头里人头攒动，欢声笑语不绝于耳，孩童们宛如矫健轻盈的游鱼，在剡江里噼里啪啦闹腾。

但天有不测风云，那年七月，小镇竟然闹起了水荒，镇上的老人们都说这是百年一遇的事情，大家毫无准备，措手不及。母亲在上班间隙，火急火燎地跑来，告诉我们说剡江进咸水了，是海里的水倒灌进来，赶快去储备淡水。母亲说完，直奔供销社生产商店，打算去买口大缸，用来储备淡水。谁都明白，老天爷干旱太久，剡江水位持续下降，吸引东海的水涌进内陆江河。

在自来水还属于梦想的年代，我家和镇上其他家庭一样，饮用水基本取自河水、井水、雨水、池塘水。住塔山脚下的居民们还多了后门山引进的山泉水。大多数时候，剡江波光粼粼，江水澄澈碧绿，我们兄弟们轮番去江边挑水，扁担两头钩着两只盛满水的铁桶，一路吱嘎吱嘎晃荡着，到家后往往只剩大半担水，但这不碍事，只要多跑几次江边就行了。如果遇着山洪暴雨，或上游有人挖沙，江水变浑时，我们就去打井水。小镇水井的产权属于公家单位，所以水井多半挖在单位院子里，比如银行、供销社、公社的水井，都是镇上人常去的地方。那时，家家屋檐上悬挂毛竹劈开的“水溜”，雨天瓦楞上的雨水通过“水溜”流进屋外的水缸里，囤积起来够用几天。雨水一般是辅助用水，新鲜时可以饮用，但时间一长，缸底容易滋生虫子，所以不新鲜时，就留作洗濯。

母亲火烧眉毛的话，瞬间让全家人热血沸腾，兄弟们开始摩拳擦掌，准备迎接一场蓄水大战。

我蓦然想起城里人饮用的自来水。第一次进县城，印象中除了那条繁华大街上数不尽的店铺，最难忘的还要数街边的自来水供应点，每隔一段距离，设置一处水龙头。每当傍晚，城里人担着各式各样水桶来灌水，两分钱一大担，哗哗哗流出来的水比镜子还透亮，掌管水龙头的大伯大妈们端坐在一旁，很是神气。那个年代，自来水成为县城幸福生活的标配，而小镇是没有这样的待遇，这样的城乡差别，让我无比羡慕。

那些日子，剡江上笼罩着不祥的气氛，河埠头骤然消失了人影，看不见洗菜洗衣的人，也看不见游泳钓鱼的人。人们一窝蜂涌向镇上的几座池塘，担水的人络绎不绝，池塘边每天都是湿漉漉的，池塘水面也急剧缩小，塘水开始出现泥腥味，形势变得严峻起来。

母亲想到了井水。我们家离银行的水井不远，银行的水井挖在高深围墙的后院，非常时期，行长怕招来麻烦，早已关闭后院小门，禁止闲人出入。母亲赶忙找到行长，行长先是不肯，母亲动之以情、晓之以理，行长最终被感动，同意打开后门，让我们悄悄进去取水。

时值盛夏中午，太阳炽热，银行后院外墙上那些标语和大字报，看上去几乎要烧着。往日神秘的银行后院，立马被揭去了笼罩的面纱，只见里面绿树成荫，鸟语花香，斑斓的蝴蝶扇动着翅膀在花丛中穿行，金黄的蜜蜂嘤嘤嗡嗡忙着捉迷藏，碧绿的菜畦旁是精巧的卵石小径，葡萄架上挂满一串串让人垂涎欲滴的绿葡萄，围墙边挺立着几株高大的广玉兰，还有茂盛的枇杷树、美艳大气的芭蕉树。这一刻，我们无暇顾及园林美景，心中唯有一个念头，赶快打井水！生怕行长突然变卦，会拒绝我们取水。一桶桶井水提上来，倒入铁桶里，快速挑往家里的大水缸。夏日的井水特别清澈，喝一口心头透凉，尽管井水含碱性，母亲平时比较禁忌，但水荒时刻也顾不得了，眼前的井水变得身价百倍。

行长挺守信用，以后几天也没难为我们，按时给我们开后门，我们打心底里感激他。家里的三口缸，分类装着天水、塘水和井水，每隔几天挑一次，兄弟们挨个轮着挑，基本保持满缸状态。

火辣辣的太阳每天都高挂着，土地已经龟裂，庄稼开始枯黄，剡江两岸露出了大片狰狞的泥涂。晚上，在闷热的镇上大礼堂，公社举行抗旱救灾动员大会，白白胖胖的公社赵书记穿着白背心，摇着大蒲扇，在主席台上慷慨激昂做动员，会场上鸦雀无声，人们心情沉重。镇上成群的孩子们也扎堆在会场门外，一边忐忑不安地偷听赵书记富有激情的讲话，一边悄悄议论着各种坏消息。那晚赵书记的嗓门特别高，像天上的雷声在礼堂上空来回滚动，一阵急似一阵。那一刻，我们都期盼头顶突然会电闪雷鸣，然后是瓢泼大雨从天而降；那一刻，全镇的男女老幼都把希望寄托在赵书记和公社各位干部身上了。

塔山上白雀寺的香火愈加旺盛，拜佛求雨的人数也与日俱增。我们兄弟们坚持不懈地挑着井水，一天天度过了干旱的日子。在我们身体发育的关键时期，我们的全身骨骼经常性遭受外力沉重的压迫。我深信，我们这代人普遍个子不高，内因是营养不良，外因是那个年代大量挑水造成的。

那个异常艰辛的夏天，在小镇历史上记下了浓墨重彩的一笔。八月底，小镇终于摆脱了干旱的长时间蛮横纠缠，迎来了数场酣畅淋漓的暴雨，咸水灰溜溜从江水里退却，剡江恢复往日潮位，池塘又蓄满了清水，滋润后的小镇重现盎然生机。

番薯的香味

沁凉的秋日降临时，镇上的居民户日思夜盼的番薯季也姗姗来临。

那时候，居民户与农业户差别很大，居民户多半住在城镇，油盐酱醋、吃喝拉撒等全由国家计划供应，国家拿花花色色的票证确保居民户的日常生计，所以居民户万事不愁，居民户家的孩子天生带着某种优越感。比如番薯，农业户家庭都靠自己种植和收获，完全自给自足。而居民户家庭没有土地，只能向镇上的粮管所定额购买。粮管所的番薯是向外地收购来的，通过政府调配渠道进来。

镇上大约有两百多家居民户，每当这个季节，大家便会十分惦念番薯。母亲也早晚唠叨着去粮管所买番薯的事，生怕会错过每年秋天的这件大事。于是，我们兄弟俩便和镇上的许多孩子一样，每天会跑一趟后街的粮管所，伸长脖子打探装番薯的大货车几时到来的消息。事实上，粮管所在番薯到货前三天，都会在小镇各个角落张贴告示，让百分之百的镇上居民知晓，并让百分之百的镇上居民能买到番薯，决不会让他们无故错过。

当大货车轰隆隆地喘着粗气，开进粮管所大院子时，后面簇拥着一群眉开眼笑的孩子们。装卸工们手脚麻利地开始卸货，鼓囊而笨重的黄色大麻袋一袋袋扔下来，新鲜番薯的清香立马在院子里弥散开来，孩子们滴滴答答流起了口水，都目不转睛盯住麻袋，盼着有麻袋被摔破，然后破洞里漏出一颗颗番薯来，等待搬运工们随便扔给在场的小孩。

第二天一大早，母亲把购粮证、粮票、钞票郑重其事地递到兄弟俩手里，并一再叮嘱，一斤粮票可买七斤番薯，每人限购三斤粮票，我们家六口人，十八斤粮票，总共可买一百二十六斤番薯。兄弟俩如背天书一般，把母亲的话各自复述了一遍，母亲这才放心地去上班。这些番薯，作为这一年的辅助粮，足够我们一家从秋天吃到冬天了。

粮管所在剡江北岸，塔山湾西面，从家里到粮管所要径直穿过老街，跨过光德桥，往左拐弯，从镇上的大操场边上绕过，还要经过一个码头区。到达粮管所时，买番薯的队伍已经排得很长了，人们的内心都漾满喜悦。

从粮管所返回时，我们的大木桶已经装满了沉甸甸的番薯。一路上，为转移和减轻不断袭来的疲累感，我们边抬边轮流数着脚步。到达光德桥北端时，早已累得上眼翻下眼，“咣当”一声，兄弟俩心有灵犀，同时撂下番薯桶，各自抓起一颗大番薯，飞一般跑到剡江边，洗干净番薯，就大口大口啃起来。

在粮食匮乏年代，番薯成为孩子们最钟爱的食物。红皮番薯比白皮番薯甜得多，一口咬下去，会渗出细细的乳白色的淀粉汁，像是诱人的牛奶。孩子们普遍喜欢生吃，那时水果价格昂贵，一般人家舍不得买，而生番薯水分充足，嘎嘣嘎嘣咬起来特别爽口，可以既当水果，又当食物。那时的孩子们都长着满口好牙，咬起番薯来津津有味，让牙齿轻易找到了用武之地。这生的番薯是我们兄弟们上学路上的首选零食，总是百吃不厌。

番薯抬到家后，把一部分摊放在地上，另一部分贮藏在木桶里，番薯不会轻易腐烂，属于最易贮存的农产品，堆在家里可以慢慢享用。至于番薯的吃法问题，母亲总是墨守成规，要么切片蒸熟，要么切碎煮汤。从没见过大锅烤，也不会晒制番薯干。

每年深秋，学校按惯例会组织秋游活动，地点总选择野外山岙里，烤番薯自然是最重要的野炊内容，不管农民户家还是居民户家，反正家家孩子书包里塞满洗干净的生番薯。到目的地后，一锅锅番薯烤起来了，山谷里瞬间炊烟缭绕，到处飘散着馋人的香味，到处洋溢着欢声笑语。

树大招风，食多招鼠。家里满地红扑扑的番薯，让闻讯赶来的老鼠们垂涎三尺，它们比人更懂得“深挖洞，广积粮”的战略意义。在我们家泥地下，它们秘密挖建了很多地道，并且纠集家族成员，常常乘着黑夜钻出来偷袭，破坏力实在惊人。每天早晨起来，都会发现番薯的数量在减少，不少番薯被它们咬得千疮百孔，这让母亲心痛不已。

一场番薯保卫战在我家如火如荼打响了：我们把地上的番薯迅速转移到木桶里，并且闷上盖子，再在上面压上重物加固。与此同时，每晚在番薯桶周边设置可怕的鼠夹。接下来的几个晚上，先后有数只肥硕的老鼠被夹死，情形看起来很惨。但受惊的老鼠们没有丁点犹豫和畏葸，反而变本加厉，有一次竟然把厚厚的木桶壁咬了个大窟窿。我们又只好把番薯转移到铁桶里。随后我们不得不调整战略，从防御战变为反击战，开始往墙角里的两个鼠洞不断灌水，又实施熏烟战术，像地道战中的鬼子施放毒气。除此之外，又从亲戚家抱养了一只猫咪，用来捕捉老鼠。这场保卫战的结果是，老鼠家族弃甲丢枪，落荒而逃，从此销声匿迹。但我们家也付出了不少代价，总计损失了二十多斤番薯。

秋光一天天缩短，家里的番薯也一天天减少。

镇上的男人们食用番薯后，身板变得结实，浑身添劲；镇上的女人们食用番薯后，身材变得饱满，神清气爽；人口众多的家庭，有效地解除了缺粮危机，孩子们变得生龙活虎。

但负面问题也来了，好多孩子的脸上，不知不觉出现了硬币大小的白斑。这不是肚子里长蛔虫的征兆吗？有人一下子找到了原因。于是人们一窝蜂涌向镇上的药店，去购买能杀死蛔虫的宝塔糖，药店里的宝塔糖被抢购一空。“快吃！吃下去就能消灭可恶的蛔虫。”大人们纷纷督促家里的孩子不失时机地服用。尽管大家都怀疑吃生番薯是孩子肚子里长蛔虫的罪魁祸首，但谁都心照不宣，感情上默默庇护着这心爱的尤物。

当家里吃完最后一颗番薯后，家家米缸里都囤足了大米。立冬已经悄然来到，各家各户开始张罗起冬天的大事来。

荒山上种桃子

学农劳动，是我们那个年代最重要的必修课，即使初中生也毫不例外，每星期两个半天雷打不动。劳动尽管辛苦，但能磨炼人的意志，培养人的品格，让你增加许多农业知识。在野外广阔自由的空间里，你还能观赏山水美景，聆听溪流鸟语，感受四季更迭，更重要的是没有心灵的压抑和束缚。我这是用现代人的思维，去评判那时候人的劳动观。那个年代和环境造就了那个年代的人，他们都不怕吃苦，谁也不会去埋怨劳动次数太多、劳动强度太大。

学生参加劳动如此面广量大，学校就要设法寻找属于自己的劳动场地，毕竟经常去生产队帮助劳动，总有诸多不便。在自己的劳动场地，可以近水楼台随时组织，可以让学生深度体验劳动带来的苦乐，这意义非同寻常。那时，全国开展“农业学大寨”运动，大寨的梯田都是在贫瘠的山坡上造出来的，为此，我们学校也寻找贫瘠的土地，模仿开垦“大寨田”，前两年在镇北的一片坟摊地，全校师生硬生生造出了一块“大寨田”，种上了绿油油的稻子。现在要找土质条件差的山坡继续开垦

“大寨田”，打算种上碧绿的桃树。

这片山坡坐落于镇西的杜家畈山上，100多米长的光秃秃山坡上，有岩石，有砂石，有荆棘杂树。在这样的山坡上种桃树，土层不深厚，土质不肥沃，而且根系贮存不了水分，谈何容易啊。但我们有大寨人作榜样，靠“人定胜天”的毅力，什么样的困难都奈何不了我们，老师们经常这样鼓励我们。

开山劳动在某个冬天声势浩大地拉开了序幕，远远望去，山坡上插满了红旗，人群如蚂蚁般蠕动着，我们分散分片开掘。土层少的地方，从别处运来泥土加厚；有树根的地方，掘地三尺根除；有石块的地方，要么捣碎，要么大面积挖起，除非遇到动不了的岩石。班上身体差、力气小的女同学，负责运送茶水，或者管理医药箱。

那个冬天，全校师生采用人海战术，总共花了一个多月时间，硬是把那片荒山野坡给开垦出来了。那段日子，我的耳朵里总是鼓荡着“叮叮当当”的击石声，那是我们的锄头在叩击坚硬的山石发出的声音。差不多每个人的手掌都给震破，然后溃烂了。开山劳动的艰苦程度可想而知。

第二年春天，我们给这片坡地全种上了桃树苗，也种下了同学们心中美好的希望——未来桃子成熟时，我们要抢先品尝。桃树种下后，我们隔三岔五给它们浇水施肥，以不断增强土壤营养。

时间过得飞快，两年后，桃树就要开花挂果了，这是至关重要时期，为确保桃子产量，学校决定加大冬季施肥的力度，保证每一棵桃树都有足够的养分。

那时每户人家，都有多个读书的孩子，家家都配有各种劳动工具，但农民户家的劳动工具显然比居民户家更多，也更专业，所以居民户孩子一般都乐于跟农民户孩子合作带工具，并肩开展劳动。

抬粪便成为这两年劳动课的主要内容。作为镇小学年级最高的初中生，又作为男孩子，十三四岁的我们俨然成了抬粪便的“十级劳力”。每当劳动课时间，女同学们负责打扫教室，冲洗学校厕所；男同学们则全部加入到抬粪便行列。

学校厕所的化粪池在学校围墙后面，得从厕所窗口爬出去掏粪。粪桶装满后，两人一组抬着出发，此地距离杜家畈桃山足有五六里地。沿途望去，抬粪大军浩浩荡荡，很是壮观。满满一桶粪便又沉又臭，两人用一根竹棍抬着，走走歇歇，来回一趟需个把钟头，半天只能抬三趟。但三趟下来，人累得全身像是要散架。马路上铺着厚厚的碎沙石，穿着底部早已磨平的帆布胶鞋，踩在上面，时不时打滑，掺了水的粪便就会左右晃荡，动辄溅到人身上。有经验的同学，在粪桶里撒些稻草，就能有效减少粪便的摇晃。最担心的是抬着粪便爬山坡，因为前后落差大，沉甸甸的粪桶“刺溜”一下沿竹棍滑向后端，后端的同学心一慌，结果整桶粪便“哗啦”一下，全泼向后面的同学，在陡峭的山坡上，悲惨地洗了一场“粪便浴”，真是出师未捷身先“卒”，只好乖乖回家，洗身子和换衣服。回来还要受到老师的批评。

记忆中，劳动委员陆中华很让同学们佩服，陆中华尽管在课堂上总是丁卯不懂，每次考试基本挂红灯，可力气在班上数一数二，是块干活的好料，论劳动经验、劳动态度和劳动技术，绝对称得上班级头牌，这得益于出身农民家，从小跟着家里人在农田里历练。人家抬粪他挑粪，一人两桶，大步流星奔山上。他待同学厚道，从不恃强欺弱，干活时还手把手教大家许多技巧。在我们班，唯有劳动委员的威信与地位可与班长并驾齐驱。拥有这样的劳动委员，无疑是上帝赐予班主任竺老师的一个大宝贝。在陆中华的带领下，我们一次次圆满完成学校布置的劳动任务。

随着桃树对粪便的需求量与日俱增，全校四百多位学生正常提供的粪便量已供不应求，每抬完一次粪便，学校的化粪池总被我们掏得一干二净。为了有效阻止肥水流入外人田现象，及时解决“粪荒”问题，学校开展了“我为集体积肥，我在校厕拉便”活动，那些进学校厕所大小便最积极的同学，纷纷受到老师的表扬。一些思想觉悟特别高的同学，晚上大老远从家里跑到学校来便便。

每当抬粪劳动结束后，整个教室总蔓延着一股浓浓的腥味，那是从男同学衣服上散放出来的，却没人会大惊小怪，因为这股味道代表着劳动的光荣，能让男同学们引以为豪，能让女同学们肃然起敬。

在肥力的作用下，山坡上的桃树茁壮成长，桃花谢了后，树上结出了一粒粒黄豆大小的果子，世上不可能的事都会变成可能。到六月时，桃子已经长得鸡蛋那么大了，可我们已经毕业了，等不着品尝亲手栽培的桃子的那一刻，这让我们非常遗憾。

现在想来，当年在那片山坡上开荒种桃子，我们是否违背了自然规律，比如那里的土质适不适合种桃子，种出来的桃子品质好不好，产量高不高，桃树寿命长不长；还有开荒后，有没有引起水土流失，破坏山体结构……诸如此类，需要往后的时间来检验。但那个时代谁会去考虑这些问题呢，人们崇尚的是一种豪迈的精神，一种战天斗地的力量，它们是战胜任何恶劣环境的先决条件。

很多年以后，我再次爬上那片山坡去察看，漫山遍野寻觅，竟然没寻到一棵桃树，显然，桃树林很久前已经消亡了，山坡早恢复了它的本来面目。我想，当年我们那么多人的汗水洒遍了这里的每一寸土地，杜家畈的山坡无论如何会留下绵长的记忆。

寒冬里去挖河

2018年初的冬天出奇地寒冷，微信圈里铺晒着千姿百态的积雪照，就连南方小城奉化，也随处可见雪白透亮的冰凌。青海的朋友把零下16摄氏度的室外活动照发上来，我告诉他们，你们还不如我们零下1摄氏度冷呢。为啥，他们是干冷，寒气游弋在肌肤表面进不去；我们是湿冷，寒气能渗透肌肤，刺入骨头，叫砭人肌骨。这冰天和雪地，在南方更能代表冬天的寒冷程度，成为冬天独有的标配。有了冰雪，这个冬天就有模有样，有滋有味；相反，没有冰雪的冬天，都被称作“伪冬天”。

我生命的长河里，已捱过五十多个冬天，唯有少年时代的冬天，让人无法忘怀。那时我总以为，夏天是属于孩子们的季节，而冬天则属于魔鬼们的季节。也许孩子们天性都顽劣，不安分，老天爷就唤来冬天这个魔鬼，用寒冷苦其心志，冻其筋骨，以此锤炼少年人生，以备将来承担国家和社会之大任。

那时的冬天比现在冷酷，随处可见冰雹霜雪，西北风像一头怪兽，整天往人家屋顶窗门乱撞；那时的冬天比现在漫长，孩子们总是等不及春天，如果冬天里不是藏掖着一个日思夜盼的过年，宁可变作地下的冬眠虫，几个月蛰伏在温暖的洞穴里不吃不喝，来躲避外界令人畏惧的严寒。

那时的学校把学工、学农、学军作为首要任务，作为培养无产阶级革命事业接班人的先决条件。学校所在地的镇上，工厂不多，部队也没有，我们理所当然选择了学农。而冬季学农最普遍的任务便是挖河劳动，那是农业学大寨的重头戏。

冬日江南的农村空旷萧条，田野处处苍白僵硬，大地像一位裸露着身子的沉睡老人，全然失去了往日的生机。挖河的地点距离镇上十几里地，那里毗邻北面的剡江，我们五年级段的同学到达工地时，几公里长的河道上，农民们已经开挖过半。河两边堆满了湿漉漉的深褐色泥块，远远望去，像两道黑黝黝的山脉往南延伸开去。附近的每个村庄都包干一段河道，相互间开展挖河竞赛，看哪个村挖得快。

太阳躲进厚重的云层里，已很多天没有露面，天空显得愈加阴沉，北风无情地击打在每个人脸蛋上，刀割般生疼。插在泥地里的彩旗，噼里啪啦在寒风中狂舞。一条条写着“愚公移山”“大干快上”“人定胜天”字样的红色横幅，被强悍的西北风刮得东倒西歪。工地上的大喇叭持续播放着铿锵有力的革命歌曲，试图鼓起大家的热情和干劲。挖河的农民足有上千人，远看像蚁群在蠕动忙碌。每天挖掘的进度尽管凭肉眼很难看出，但投工的数量累计却是巨大的。

我们被编成一个个劳动小组，每个小组七八个人，各由一位农民大叔带领，他负责挖泥，我们负责传递泥块。挖泥的工具以铁锨、铁锹为主，挖泥时，锃亮的铁锨垂直插下去，再用脚在沿口狠狠踩一下。铁锨插得越深，撬起来的泥块体积就越大，递到我们手里的泥块就越沉，捧着就越吃力。大叔在河床底部挖，我们每人间隔两米，由低向高，依次传递上去，把无数冷若冰雪的泥块层层叠放在河岸，形成高耸连绵的河堤。

这挖河要是安排在春秋季节，再苦也能忍了，但在严寒天气，这样的农活干得真是要命。那时我们的身体还没有发育，像没有长全翅膀的雏鸟，承受不住这种高强度的活儿。更可怕的是，我们都没穿暖衣服，薄薄的衣衫无法阻挡寒冷的侵袭。每个人的双脚只能固定一个位置，不能随便挪动，像是流水线上纹丝不动的零部件。时间一长，双脚冻得失去知觉，仿佛成了一对插在泥地里的冰棍。脚冷，腿就冷；腿冷，全身更冷，我们在寒风里瑟瑟发抖着。那双沾满黑泥的裸露的小手，每递过去一捧沉重冰冷的湿泥块，就得使劲搓搓手，并用嘴呵口热气，让冻僵的小手稍稍暖会儿。劳动前没人会送手套给我们，包括我们的父母、我们的学校、当地的农民们，在那个年代，戴手套干活表明你怕苦怕累，暴露你的劳动态度有问题，我们做梦都不会去惦念那娇贵的手套。

两小时后，我们的衣裤、鞋袜全被粘上一层厚厚的烂泥，身上的热量开始渐渐耗尽，干瘪的胃在咕噜噜直叫唤。肚子一饿，人就感到加倍寒冷。有的同学望着铅灰色的天空发呆，有的同学不停地流鼻涕，有的同学悄悄地抹眼泪。在流泪的同学当中，我便是其中之一，幸好没人瞧见，避免了不必要的尴尬。

在参加劳动的同学当中，我的衣服穿得最为单薄，两条卡其布单裤粘在一起，纸糊一般，这让我的御寒能力不堪一击，寒冷轻而易举地攻克了我的肉体。冬天本来就够冷，而在如此恶劣的环境中，寒冷的程度被进一步加深，寒冷的威力被加倍放大，在场的同学们都对那次挖河劳动刻骨铭心。

那半天实在太漫长了，我们感觉时间也像河渠里的水，全让冰给冻住了，不再往前流淌。

头顶依旧不见太阳的影子，天仍旧阴郁着脸。附近村庄的上空，有大群的麻雀扑愣愣飞向远方黛色的竹林，它们在寒风肆虐的天空，自由自在，压根没觉着寒冷，而我们此刻脆弱得抵不过一只麻雀。田野上有零星的稻草蓬兀立着，似金色的蒙古包，这让我们想起了冬天在田野常做的捉迷藏游戏，在稻草蓬的肚子里挖个洞，人钻进去，既隐蔽，又温暖。可现在这成了可望不可即的幸福梦想。

那会儿我纳闷，挖河劳动干吗要放在如此可怕的冬天，干吗让人遭这么大的罪孽。后来才明白，这冬天属于农闲时节，农民们把地里的活都干完了，有大把的时间和精力，有充裕的劳动力；还有冬天相对干枯，雨量少，挖河时泥土不积水。但这让我们小孩子遭了殃，寒冷这魔鬼专门揪住小孩不放，似乎没力量去纠缠大人们。

我们无论如何想不到，几十年后，一种神通广大的铁臂工具诞生了，它可以完全取代成千上万的人工劳力，一条笔直的河流被几台大型挖掘机左右前后折腾没几天，就可以轻松搞定，再也看不见千军万马长时间挖河的壮观场景。

那天暮色苍茫时，天空忽然飘起了绵密的雪花，公社领导在高音喇叭里紧急宣布了劳动结束的消息。顿时，上千米长的工地上传来盛大的欢呼声，人们感谢老天爷的照顾，这场姗姗来临的雪，让我们提早半小时从苦海中解脱。大家万分欣喜地从湿冷的泥淖中爬上来，有的人已经迈不开冻僵的双腿，摔倒在地，又艰难地爬起来，跌跌撞撞逃向回家的路途。

春天去捡柴

窗外的柳树羞羞答答地吐露绿芽时，这个漫长的冬天也渐渐远去。

屋檐下的十几大捆干柴，已烧得所剩无几，再过十天半月，我们家就要熄火断炊了，就像奥运赛场上持续燃烧的圣火，即将熄灭。母亲急得像热锅上的蚂蚁，蚂蚁怕锅热起来，但母亲怕锅冷下来。那时煤球是燃料中的奢侈品，人们不敢去妄想，镇上除了饮食店和理发店，就再也找不出其他烧煤人家了。生产商店的卖柴场，现在是空旷寂寥，场地上有稀疏的几株嫩草在有气无力地晃动。深秋时节，这里堆满了青绿色的柴禾，那是农民们刚从山上砍下来，卖给供销社的生产商店。那会儿满场散发的树浆气息，浓烈而新鲜，让居民户们心情愉悦。远远望去，层层叠叠的青柴，像黑黝黝的山脉耸立着。那时青柴的售价每百斤卖 2 元，居民户家至少要买足一二千斤，整个冬天才能高枕无忧。

可眼下春天才刚刚萌芽，我们家就要断火了。

卖柴场里的青柴，由于枝叶饱含水分，每捆都如死猪般沉重。我家虽男孩子多，劳动力有优势，但也费尽我们九牛二虎之力。青柴搬到家后，人已精疲力竭，还得给青柴松绑，一捆捆在太阳底下摊开晾晒。两星期后，待湿柴变成干柴，再重新捆绑叠放。

我们住的一排矮瓦房，十几户人家，农居混杂。寒冬到来时，家家屋檐下密集堆放的干柴，把本一览无余的走廊隔成一个个单独空间，每户人家临时拥有了私密空间，让我们顿感温馨。如果要判断这户人家是居民户还是农业户，只要看看门外堆的柴草就行了，农民家堆的全是黄澄澄的散发着酽香的稻草。

即将断火的不仅是我家，还有小镇绝大多数居民户家庭。

“赶快去捡柴吧！”憋闷了多日的母亲，审时度势作出了这个决断。镇上集市那天，母亲从光德桥边的烂眼那里买来了几只新土箕，分给兄弟们人手一只。我们兄弟仨约定，每天放学后，各自捡满一土箕柴，才能吃晚饭。

1970年的小镇，乍暖还寒的季节，街头巷尾、房前屋后、山坡田园、河畔洼地、林间小路……随处可见手挎土箕、低头捡柴的男女孩子。这场声势浩大的捡柴运动，由居民户家孩子不约而同发起，全是由面临断炊的危急形势所迫。由于捡柴的人多，野外的柴禾日渐见少，我们吃晚饭的时辰一次次被推迟。春天的黄昏如牛皮筋一般，活生生地被我们拉长了。

为了增加捡柴时间，下午末节课，我们常常提前开溜，老师们也睁一只眼闭一只眼，好在那时的学校从不留家庭作业，学生们没有后顾之忧。

我们家断柴熄火的预警由红色转为橙色。

俗话说，三百六十行，行行出状元。这捡柴运动居然也会冒出出类拔萃之人，说这你也许不信。做一件事只要重视效率，具备机灵脑袋，这捡柴“状元”脱颖而出，就不感到奇怪了。“状元”名叫胡秋平，是个独生子女，在没有计划生育时代，称得上凤毛麟角。这胡秋平虽是独生孩子，却毫无娇宠之气，那年头压根没有让你娇宠的环境。人们私下传说，胡秋平是被他娘像捡柴一样从麦田里捡来的，我们都半信半疑。可看到他被他娘隔三岔五打骂和饿饭的情景，我们便开始相信，他一定是从麦田里捡来的。

也许是穷人的孩子早当家，胡秋平每个黄昏都能捡上三土箕柴，一人能抵仨，他家灶间捡来的柴禾堆得跟房梁一般高，但他母亲从不夸耀他，似乎他儿子捡这么多柴是合情合理的。胡秋平让镇上的孩子既羡慕，又妒忌痛恨，他也渐渐成为大家的眼中钉。不久，我们听说了胡秋平捡柴屡遭打劫的消息，甚至土箕也被人踩扁过，但胡秋平不恼也不哭，倔强得很，好像啥也没发生过。胡秋平在捡柴运动中显露出来的才华，使他从极度自卑蜕变为高度自信，这为他日后成为拥有数千万资产的公司老板，奠定了坚实的思想基础，这是我长大后对他的分析评价。

母亲对我们兄弟仨的捡柴数量本来就颇有微词，这下找到了参照对象，胡秋平立马成为我们兄弟仨比学赶超的“先进人物”。可我们无论如何捡不过他，好几次远远跟着他，眨眼就被他甩掉了。有一天终于被我逮着机会了，那次他挎着土箕，一溜小跑进了公社农机厂大院，我从后面悄悄跟上去。只见他像一只摇头摆尾的小狗，忙不停地向厂里的人喊着“叔叔好、伯伯好”，那一刻，胡秋平的嘴巴甜得要命。眨眼间，他的土箕里就塞满了大堆旧木箱片。后来我还看到，捡柴途中，路过有篱笆栅栏的地方，他总会飞一般抽拔几根竹木棍，然后泰然自若地离开。人家边走边捡，他是边跑边捡；人家往近的熟悉的地方捡，他往偏僻的陌生的地方捡。我们也从胡秋平那里学了一些捡柴的窍门，但还是无法超越他，只是比以前有了更多收获。

春季跑过大半程时，我家已积攒下大量的柴禾，一方面得益于捡柴人多，另一方面，得益于从胡秋平那里学到的宝贵的经验。现在不要说捱过春季，就连夏季烧柴也绰绰有余了。期间，母亲也时不时去供销社木工间收集些碎木刨花，老木匠根宝伯与我们沾亲带故，对我们网开一面，一大箩筐碎木刨花有时收五分钱，有时收一毛钱，有时不收钱。母亲总是千恩万谢，根宝伯很热情好客，一再叮嘱我们没柴烧了，尽管拿箩筐来装。

从此，我家各种柴禾源源不断，殷实富足，母亲每天喜上眉梢。灶膛里，看绚丽的火苗舔着锅底噼里啪啦欢叫，再也没有呛人的浓烟和熏出的泪水，唯有温暖、快乐和幸福，在我们心底持续不断地荡漾着。

1975年的“双夏”

天还没亮透，门框上的纸质喇叭准时奏起《东方红》乐曲，像雄鸡嘹亮的打鸣声，突然扯破夏夜的宁静，顷刻间惊醒了小镇的每个角落。

公社广播站设在大礼堂楼上，靠最南端，离我家两百来米远。我总奇怪广播站那位漂亮的播音员阿姨，从不会睡过头，每天让广播准点响起，就像我家那台三五牌台钟，每天分秒不差。我对广播站（后来称电台）和播音员的神秘感大概从那时起就产生了。

然后，我陆续听见左邻右舍的开门声、说话声、干咳声、漱口声……还有哗啦哗啦的扫地声、鸡鸣狗叫声。这时候，1975年8月1日清晨的凉风正在屋外舞动，田野上即将拉开金色大幕，成熟的谷穗已羞涩地弯下腰，到处弥漫着稻子的清香。

一年一度的“双夏”（夏收夏种）大忙季节已经悄然到来，我浑身似打了鸡血一般，按捺不住喜悦，人还躺在床上，闭着眼睛，无数美好的事情已经跃动在大脑空间，而最兴奋的事——离1976年春节不到半年了，这是几天前，邻居骆阿婆亲口告诉我的，我确信她不会骗人，1976

年的春节真的是1月31日。我感觉8月1日是一整年的分水岭，过了这一天，春节就有盼头了，人一旦有个盼头，这日子就有了奔头，即便是小毛孩也不例外。那一刻起，我期盼的过年进入幸福的倒计时刻。

我的第二件兴奋事——我们小学高段的居民户同学，今天开始参加生产队的“双夏”劳动。“双夏”又称“双抢”，即抢收抢种，表明时间刻不容缓。按照惯例，每个生产队完成“双夏”的期限为半个月，谁完不成，大队长、小队长在全公社要被点名，挨批，弄不好撤职。更为严重的是，耽误农时，造成粮食减产，这罪责啊，谁也担当不起。所以这“双夏”劳动务必要抢时间，务必要增加支援力量。按照惯例，我们小学生参加“双夏”时间为每天上午，共10个半天，镇上恰好有10个生产队，每个生产队轮到半天。

前天，额头光溜溜、镜片瓶底厚的张校长，手执铁皮喇叭，召集高年段居民户同学做动员讲话。张校长在操场上讲了一大堆话，很煽情，大部分都忘了，只记住三点。其一，居民户家里没地，没机会干农活，所以要落实毛主席的“五七指示”精神，必须去生产队接受锻炼，虚心向农民伯伯学习，熟练掌握干农活的本领，争做无产阶级革命事业接班人。其二，每个生产队都热情好客，很关心同学们，在劳动过程中，会给大家送点心吃。其三，“双夏”劳动结束时，学校会给每人发放15斤粮票。我们听后，都欢呼雀跃起来，我想，这热情多半是被“吃点心”和“发粮票”这两件事激发起来的。

漂亮阿姨播完一刻钟“双夏新闻”后，进入歌曲欣赏时段。夏天的早晨，聆听一首首雄壮激昂的革命歌曲，特别让人心潮澎湃，情不自已。记忆中的漂亮阿姨，披肩长发，瓜子脸，白皮肤，一对大眼睛像是蓄着两潭深水，如此俊俏的模样，在小镇恐怕再也找不出第二个。这会儿，我努力想象她正在播音室里忙碌的情景，可惜只闻其声，不见其人，全公社大多数人都见不到她。

这样想着，我一个鲤鱼打挺，跳下床，迎接生机勃勃的一天。

我们的劳动时间都安排在上午，因为下午日头毒辣，连农民们都吃不消。小镇10个生产队的田地分布在小镇的东西南北，我们的劳动地点每天也是东西南北，不断跟着变换。

第一天劳动地点，选择了镇北的第六生产队。我们这群十一二岁的娃娃队伍清一色头戴草帽，手握锯齿镰，由张校长率队走在前面。田间小路上，夏天的杂草疯长，有齐膝深，由于害怕草丛里会“倏”地蹿出一条蛇，我们全都小心翼翼地向前摸索。不久，我们眼前出现了大片稻田，雀群铺天盖地从头顶飞过，向远方的空中扑去。我们小小的身影，完全被滚滚稻浪吞没了，面对海一般无垠的稻田，从没割过稻子的我们，心里直发怵。

长得又黑又瘦的第六生产队队长，冷不防从稻田里冒出来，一张笑脸像夏日阳光般灿烂，显然他在田里左盼右顾，已恭候多时。队长照例先说些热烈欢迎的话语，接着介绍生产队的基本情况，随后向大家讲解割稻的技术要领，并在稻田里一招一式地做示范。大家边看，边似懂非懂地点着头。队长演示完毕，匆匆忙忙赶往别处指导学生。我们则摩拳擦掌，纷纷脱去凉鞋，扑通扑通跳进水田里，脚脖子一插入泥里，水面就咕咕咕冒气泡。我们模仿刚才队长的动作，每人收割宽度为六株，一字儿排开，笔直向前。队长手宽，可以连续割六株，一气呵成。而我们手小，抓不过来，只能勉强割三株，这样的速度当然比队长慢了一半，劳动强度也增强了不少。

时间久了，手中的锯齿镰刀不知不觉松懈，渐渐地不听使唤，隔三岔五听到有人尖叫，捂着血淋淋的手指，哭丧着脸。六队的一位大伯一溜小跑过来，再三告诫大家，手里的刀口务必朝下，不能平割，离开稻秆根部距离不能太远。他又把每人割下的稻枝一堆堆放整齐。那边又传来队长的叮咛声，叫大家不要着急，安全第一。割破手指的同学都疼得龇牙咧嘴，作了简单包扎后，只能转换岗位，去打稻机那里传递稻捧。传递稻捧这活儿虽没风险，但火急火燎的，没得空闲。一堆堆稻捧从地里捞起，沾泥带水的，快跑着递给两位踩打稻机的农民大叔，两位大叔也手忙脚乱地脱着稻粒。稻田里，随处可见噼里啪啦水花飞溅的情景。不一会，那些递稻捧的同学浑身沾满泥浆，连脸上都涂了一层泥浆，只露出一对黑眼睛，在忽闪忽闪着。

太阳像是钢炉里捞起的火球，越爬越高，天空开始呈现出刺眼而混沌的晶亮，水田里也荡漾着白晃晃的光芒，让人睁不开眼。远处的江堤上蔓延着绿色的芦苇丛，像一道连绵不绝的天然屏风，在蒸笼般的田野上，特别吸引人眼球。田里的麻雀早已无影无踪，全躲到那边的芦苇丛去了，上千只麻雀的聒噪声汇聚成一首声势浩大的交响曲，在芦苇丛里起劲演奏。身后割倒的稻子已经望不到边，我们全身开始疲乏，汗水早已湿透衣背。这会儿，所有的人都望着芦苇丛发呆，继而对那里心驰神往，那片地儿现在是世界上最舒适的避凉地。

六队队长远远巡视过来，大伙赶紧弯腰继续收割。队长走近后，表扬了那些割稻速度快的同学，这让那些速度慢的同学有点脸红。我们的前方，依旧是一望无际的稻田，一脉脉金黄的稻浪波动于纵横的阡陌间。尽管六队的社员们也被分成了若干组，在各个区域齐头并进，可大家疑惑，这半天究竟要割掉多少稻子，队长至少也给个明确的数量或范围，好让大伙边收割，边有信心和目标，可谁也不敢多问。

这时候，一条条黄绿色的蚂蟥抖动着身子从四面八方游过来，在我们的小腿上一声不响地黏附住，滋滋地吸起血来。有同学的小腿被四五条蚂蟥叮住，鲜血像弯曲的线条汩汩地流下来，又在浑浊的水里荡漾开来。更多的蚂蟥闻着腥味，屁颠屁颠游拢来。对待蚂蟥的态度，男同学们骂骂咧咧，女同学们哭哭啼啼，而队长则见惯不惊，用锯齿镰在自己的小腿上随便一刮，刮掉了好几条肚子圆鼓鼓的蚂蟥。

汗流尽了，血流过了，每个人的肠胃就变得空荡荡的，嘴巴干渴得像龟裂的土地。有同学突然记起张校长说过的话，对呀，为何还不见生产队送点心过来，大家全抬起头往四野里搜寻。

“估计生产队没安排，小屁孩么，干这点活，吃什么点心。”

“你乌鸦嘴，说不定已经送过来了，被那边的芦苇丛给挡住了。”

“不可能，队长肯定忘了，肯定没托付给手下人去办。”……

大家七嘴八舌，小声议论着，大多数人坚信张校长的话不会糊弄人。

尽管“双夏”劳动十分辛苦，可一想到，我们的行动有可能被写进公社广播站的“双夏新闻”，会经漂亮阿姨之口，并被漂亮阿姨留下深刻印象，我们浑身来了劲；而我的心底里还有一个更热切的期盼——离1976年春节不到半年了！我心里感到轻松畅快。

恍惚中，一阵洪亮的声音从天而降：“同学们，歇歇啦，吃点心喽——”千真万确，是队长在远处高喊，大家猛然抬头，只见宽阔的机耕路上，六队的一位社员晃晃悠悠挑着担子过来，扁担两头系着一只大水桶和一只大箩筐。大家立马山呼海啸起来，纷纷从水田里跳上来。一大桶茶水和一大箩筐香喷喷的大饼，转眼搁在了田头，大家呼啦一下围上来。“别挤，每人两只大饼！”队长大声嚷嚷着，依次递到每双粘着泥巴的小手上。

吃大饼时的幸福感实在是无与伦比，坐在田埂上，有人狼吞虎咽；有人细细咀嚼；有人拼命用鼻子闻；有人舍不得吃，留一只带回家。这会儿，所有人有说有笑，全然忘了刚才的苦和累，张校长还即兴给大家讲起了英雄人物的故事。

水田里暂时恢复了安静，有几只青蛙不甘寂寞，好奇地跳过来，蹲在稻草上探头探脑；蚂蟥们扭动着丑陋的身体，在水里到处寻找吸血的目标；水草边有条年轻的水蛇，穿着暗红色的衣裳，用狐疑的目光往这边瞅瞅，然后慌里慌张地游走了。

吃完点心，上午时间过去大半，剩余时间过得飞快。我们已经解除了饥饿，攒足了力气，人人像猛虎，一鼓作气。稻子成批成批地被割倒，打稻机一刻不停地脱着谷粒。稻桶里健壮饱满的谷子，被源源不断装进箩筐里，然后由队里身强力壮的十级劳力一担担挑出去，再用手拉车直接运往生产队晒场。原先的大片金黄色海洋，不知不觉中缩小了许多，田野变得空旷起来，白茫茫的水田渐渐显露出来，似一面面闪亮的银镜。

这个时候，公社通讯员小王在田头格外忙碌，不停地找同学聊，不停地在小本子上记着什么。队长告诉我们，小王叔叔正在采访，要把同学们的事迹写下来，报送公社广播站，明早会在“双夏新闻”里播。天哪，我们眨眼间变成了一群先进人物，不但将被全公社人知道，还要被我崇拜和喜爱的偶像——广播站的漂亮阿姨记住，我内心更加喜悦。

双夏前半程，劳动的重心围绕收割，几乎都是以割稻为主，包括递稻捧、拖稻草，每人手里的锯齿镰差不多被坚挺的稻草秆摩擦得锃亮锃亮的。各队队长的性格脾气、待人接物的态度也如出一辙。生产队提供的点心基本也以大饼、馒头为主，每人两只，并提供一大桶茶水，看来各队在后勤待遇上决不攀比，相互参照，保持平衡。不同的是，同学们割稻的水平日渐长进，刀法越来越娴熟，割破手指的现象大为减少，这让各队队长喜上眉梢。但麻烦事也接踵而至，双腿被蚂蟥咬得千疮百孔后，奇痒难忍，然后用手抓，可一抓就出血，导致伤口再扩大，便招来更多的蚂蟥，群起攻之。

双夏后半程，劳动内容发生了变化。这个时候，各生产队已经收割完大部分早稻，水田被耕牛犁过后，必须不失时机种上晚稻。秧田里，大批嫩绿色的秧苗茁壮成长，我们的任务便是拔秧，每人携带一把小凳子。如果说割稻是粗活，男同学占了优势，那么拔秧是细活，女同学占尽优势。张校长继续担任我们的领队，学校里非农户口的老师也仍然随我们一起劳动。

那天上午，我们去第五生产队拔秧。五队的地畈位于小镇东面，毗邻剡江，夏天的江面上，江水澄碧，船帆穿梭，汽笛声声。置身于诗意盎然的环境里，张校长又给大家讲起了革命故事。几十个孩子在一块大秧田里挤挤挨挨，边埋头拔秧，边聆听张校长的故事，大家不再感到枯燥和寂寞。秧田里的蚂蟥较为少见，安全感也明显增强。老师们时不时给大家纠正拔秧方法，比如秧苗根部不能沾泥，要保持白净；每捆秧苗要绑得大小适中，长短整齐；用稻草捆绑时务必牢固，防止运输过程中突然散架。女同学们做事细致入微，她们拔的一捆捆秧苗，成为男同学们学习的模板。

在秧田里拔秧，离不开小凳子，而坐小凳子却有讲究，四条腿的板凳坐久了容易陷进去，而且会越陷越深。有不少同学坐着坐着，凳子被水淹没，却浑然不知，直至屁股整个浸湿，十分尴尬。倒是那些“工”字形木凳因为受力面积大，陷不进去。第二天，大家给凳子四条腿钉上了一块木板，问题就迎刃而解了。

五队队长是个粗犷又豪爽的人，似乎对我们的拔秧技术百般放心，压根不会来检验秧苗质量。一捆捆整齐结实的秧苗，被陆续送到前方的水田里，大群社员们正弯着腰，如鸡啄米般不停地插着秧。

休息时刻，大家发现一大箩筐黄澄澄的甜馒头和一大桶茶水，早已悄然放在田头，竟然没人来管理和分发。队长远远传话过来，说让大伙自个儿拿，每人三只馒头，吃饱为止。大家一阵惊喜，一窝蜂围上去……我乘乱多拿了一只，生怕被别人看见，偷偷藏进草帽里，扣在头上。尽管当所有人拿完馒头以后，箩底还剩 10 多个馒头，猜想当时不只我一人多拿了只馒头，可我还是感觉像做了小偷，心里忐忑不安，特别觉得对不起广播站的漂亮阿姨，因为在她眼里，我们是一群被宣传过的先进人物，不容许存在这种私心行为。在诚信的天平两端，我感觉有点失重，以至于几十年后，那只多拿的馒头仍滞留在我心头。

双夏的最后半天，去镇西的第二生产队。一半人割稻（几亩晚熟的稻子），一半人拔秧。也许是时令偏晚，公社催得紧，二队的压力比山大。记忆中，那个半天，大家干得风风火火，紧锣密鼓，动作一刻不停，甚至二队的人送点心来时，也没见人停下来。在二队队长无数次催促下，方才歇手。箩筐里的点心既不是大饼，也不是馒头，竟然是由二队自产的绿色菜瓜，每人一只。香甜的菜瓜既能解渴，又能填饱肚子，一举两得，大家喜气洋洋。在炎炎烈日中，人人抱着青绿色的大菜瓜，吃得酣畅淋漓，吃得肚子鼓起。后来几年，二队均以大菜瓜作双夏劳动的点心，吸引一批批学生前去帮助劳动，大菜瓜也成为二队一张热情好客的名片，一段温馨难忘的记忆。

双夏劳动结束时，同学们感觉像是从酷热的战场上归来，皮肤全被晒黑了，手上和腿上布满大大小小的伤口，人也变得成熟许多。九月一日开学时，学校在礼堂里举行隆重的表彰会，全校师生都来参加，会场最前面两排齐刷刷坐着一批安静的孩子，他们是经历过双夏劳动锻炼的居民户同学。张校长给这些同学发了纸印的奖状，然后挨个给他们分发粮票。每个人都使劲鼓掌，包括农业户同学，甜蜜的笑容镶嵌在一张张黑不溜秋的脸蛋上。回到家，我把挣来的 15 斤粮票，迫不及待地交到母亲手里，那一刻，这些粮票仿佛是一位出生入死的勇士用鲜血和汗水换来的一枚功勋奖章。

许多年过去了，每年八月一日，我总会怀念起曾经的双夏劳动，总会习惯掐算离春节还有多少天。我依然会想起公社广播站那位漂亮的播音员阿姨，耳畔回荡起由她动听的嗓音播送出的一条条重要的“双夏新闻”。

第三辑　暖意

兑糖客人

我们镇上的兑糖客人叫小鸡毛，这土得掉渣的外号，不知谁给取的，反正大家一直就这么稀里糊涂地喊。小鸡毛租了后晒场农户家的屋子，长驻我们的小镇，专做兑糖生意，方圆十几里都是他拨浪鼓摇响的范围。

小鸡毛是义乌人，约莫 50 来岁，瘦高个，大眼睛，高颧骨，常年穿着一件褪了色的蓝卡其布外套，衣服上总是沾满尘土。小鸡毛动不动就咳嗽，旁人听着比他自己还难受。我想可能是长年挑着箩担，摇着拨浪鼓，走街串巷，风吹雨打，喊破了嗓子，损坏了气管，从而患上了气管炎。那时候，我们把这些用自做的麦芽糖换取废旧物品的生意人，唤作“兑糖客人”，这很大程度上，显示了对他们的喜欢和尊重。

既然是客人，小鸡毛在镇上是人见人爱，享有无比尊贵的地位，尤其在孩子们心目中。那时我始终对小鸡毛的外号迷惑不解，也许他这辈子收购的鸡毛太多（尽管大多数时候他在收购其他废品），人家据此提炼出这个形象的外号。但那仅仅是我的主观猜测。

小鸡毛对孩子们温和且耐心，他的箩担前常常围满好奇的孩子们，他也不介意其中的顽皮者会一把抢过他的拨浪鼓，边一遍遍摇动，边活龙活现模仿他的叫喊腔调，痛痛快快地过把瘾。生意空闲时，他会放下担子，当着孩子们的面，骄傲地显摆出他收来的废旧物品，那琳琅满目的“宝贝”，有时让人大开眼界；他教孩子们辨别各类废旧物品收购常识，比如如何区分值钱的和不值钱的废品，如何区别生铁和熟铁……他还介绍鸡毛做成鸡毛掸子的详细步骤。但孩子们醉翁之意不在酒，他们并不关心他的那些“宝贝”和他传授的常识，他们关心的是他安放在箩担上的那只扁扁的方形铁皮槽。只要他掀开铁皮盖，再揭去上面蒙着的一层厚塑料膜，便露出一大板黄澄澄的麦芽糖，一股迷人的甜香立马蔓延开来。围观的孩子们全会瞪大眼睛看，用鼻子使劲吮吸，想象嚼在嘴里时十分诱人的味道。

“兑糖嘞、兑糖嘞……”小鸡毛动人悦耳的吆喝声，忽远忽近，忽高忽低，一年四季在镇上各个角落飘荡。在小镇，除了夏天福贵的棒冰叫卖声，其余季节里全是小鸡毛兑糖的吆喝声。小鸡毛挑着箩担，一副晃晃悠悠的架势，边走边喊，边“叮铃咚、叮铃咚”摇动着拨浪鼓，喊声与鼓声时分时合，交错重叠，刚柔相济，充满了迷人的节奏和韵味，比福贵的棒冰叫卖声更富有诱惑力，更能让孩子们心旌荡漾。

那时，用来兑糖的废旧物品种类要比今天多，诸如废铜烂铁、鸡毛鸭毛、牙膏壳子、鸡胗皮、橘子皮、玻璃瓶、破鞋子、废旧纸张……这些废品一股脑装在小鸡毛的箩筐里，仅仅用一大板熬制的麦芽糖就可轻松换取，无须付出多大成本。

在小镇的街头巷尾，人们邂逅小鸡毛兑糖，是件很吉祥的事。看着他用铁凿子贴着糖块，用小榔头敲打凿子的顶部，“叮当”一声，敲下一块与所收废品价值相当的糖块，递给急不可耐的孩子们。边上的人观看小鸡毛敲糖的过程，似乎比吃糖本身更有吸引力。

“客气点，客气点嘛！”兑换者一个劲地恳求小鸡毛。小鸡毛故意装出迟疑不决的样子，然后又敲了一小块；再恳求，再敲一小块……几乎每次都不是一锤定音，总留有多次添加的余地。事后我才知道，这是小鸡毛凭多年江湖经验掌握的招数，既能逗孩子们兴高采烈，心花怒放，又能显示小鸡毛慷慨善良之心。每个孩子都觉得小鸡毛对自个儿偏爱，心底里对小鸡毛感激不尽。

由于小鸡毛是外地人，在镇上没户口，没人给他发粮票。没粮票就买不了粮食，更买不了大饼油条、包子馒头。这事关能否填饱肚子的重大问题，让小鸡毛心急如焚。于是，他暗地里向居民户的孩子求购粮票，许诺每斤粮票换三毛钱。如此诱人的价格，尽管打动过很多孩子的心，但那时居民户的粮票极其有限，其他途径也很难弄到，孩子们无奈又无助。小鸡毛只能用钱向农户家买稻米，而农户家又是按人口分稻谷的，粮食同样有限。小鸡毛只能适量买些，平时更多靠杂粮调剂。

小鸡毛换购粮票为啥要偷偷摸摸，是因为怕被人告发搞投机倒把，这是他们这帮人最忌惮的罪名。“打办”（打击投机倒把办公室）的人处理起投机倒把者，轻则没收全部所得，重则绑起来，实施殴打和关押。小鸡毛这个年龄轻易折腾不起，所以他这方面行事是很谨慎的。

我终于逮住了机会，那年暑假，艰苦的“双夏”劳动结束了，学校给我们参加劳动的居民户学生每人补助了十几斤粮票。我打算不上交母亲，把它卖给小鸡毛，可以换来好几元钱。我盘算过，这些钱可以买很多东西，比如百货商场文具柜里漂亮的高级铅笔盒、画画的十二彩蜡笔盒、气派豪华的英雄牌钢笔，还有水果店里每斤三角七分的昂贵香甜的金帅苹果……我计划好久了，如果母亲问起来，我就撒谎说学校没发过。

那个晚上趁着夜幕掩护，我兴奋地跑到小鸡毛家，神不知鬼不觉完成了这笔交易，我们皆大欢喜。而且幸运的是，母亲没有盘问过粮票的事，大概她忘了，或许压根不知道劳动后还能有粮票补助。

小鸡毛一路摇动拨浪鼓叫喊，一路早已先声夺人。孩子们大老远听到后，都提早准备好家里可兑换的废品，静静地站在原地，等候小鸡毛挑担过来。麦芽糖的吸引力越大，废品收购的生意就越好，鱼龙混杂的事也难免发生，好多来兑换的牙膏壳里留着白色的牙膏还没挤完，完好无损的拖鞋被当作破鞋，好端端的铜制水勺子故意敲瘪当做废铜烂铁……大人们发现后，往往先是严厉责骂孩子，然后赶到小鸡毛家，赔着笑脸索讨被兑掉的物品。这时，小鸡毛总是二话不说，无偿将物品归还主人。平时只要发现可疑的兑换物品，小鸡毛总会果断拒绝。

1979 年过完大年后，我们全家离开小镇，迁徙到县城，我再也没见过小鸡毛，也没听说过关于他的任何消息。20 世纪 80 年代开始，随着鸡毛换糖的生意逐渐走向衰落，我猜想小鸡毛无论如何会离开我们的小镇，回到他老家的那方热土，用多年兑糖换来的丰厚的资金创办自己的事业。那段时间，成千上万分散到各地的兑糖客们纷纷返乡，开疆辟土，谋划商机，形成了震撼中国和世界的义乌小商品市场。而义乌市场里的大多数经营户，便是那批返乡的“兑糖客人”，他们对义乌小商品市场的建立和繁荣实在是功不可没。

后人为纪念这段传奇历史，把“鸡毛换糖”的故事先后搬上舞台和银幕，并把它演绎成一项餐饮文化的品牌。现如今我们城里的两家“鸡毛换糖”餐饮门店，很多人最先是被它亲切而又怀旧的名字所吸引，又加上菜肴口味好，价格很实惠，因而生意特别兴旺。

卖甘蔗的苗姨

从前，我们镇上共有两处水果摊，一处是集体合作商店，在老街中段；另一处是苗姨的露天摊，有时设在小镇的车站饭店旁边，有时设在光德桥畔（苗姨家门口）。

合作商店卖的水果多半是高大上的，比如梨、李、杏、橘、苹果等，其中要数苹果的品种最多，价格也最高。那时香蕉属于凤毛麟角，小镇里压根见不到。我第一次邂逅香蕉，是厦门的姨父探亲时捎来的，一口咬下去，又糯又香，滋味美好得难以用语言描述，多年后仍觉得齿颊留香。从那时起，我记住了香蕉的出产地，也自然把厦门当作香蕉的代名词，认识厦门，竟然是从第一次吃香蕉开始。

苗姨的水果摊没那么多品种，更没有香蕉这种帝王级水果，因为她小桌子上的货箱放不了多少水果，只能挑重点卖。卖啥重点好呢？苗姨想到了甘蔗，这种平民化的水果，产地广泛，货源充足，价格大众，且销量广大。苗姨一拍胸脯，便付诸行动。除了卖甘蔗，苗姨的摊上还会搭配些棱角、黄瓜、炒蚕豆、烤红薯之类卖。

苗姨每天厮守着甘蔗摊，日晒雨淋，皮肤变得黝黑粗糙，四十多岁的人，看上去有五六十岁模样。大部分时间，苗姨把摊设在车站饭店门口的偏北位置。那里不光是小镇重要的客流地，而且毗邻两所中、小学，学生们上下学必定经过，必定一眼瞥见，然后必定会簇拥到她的摊前。少部分时间，如逢学校放寒暑假，或是星期天，她把水果摊设在自家门口，那里是桥头堡、商业要地、黄金门面，剡江两岸的人天天过光德桥，肯定要经过他家门口，有很大概率在她的摊前逗留。苗姨对这两处风水宝地都倍加珍惜，决不轻易放弃。尽管她没有分身术，但可以轮流去两处地盘摆摊。她头脑活络，眼光深远，在小镇那一拨经商户中，她的生意做得风生水起。

甘蔗是上市时间最长的水果，小镇周围乡村田野上种植的比比皆是，镇上的男女老幼都百吃不厌。合作商店卖的甘蔗都有2米多长，总价高，而苗姨把2米多长的甘蔗，用铡刀切成一段段，每段30公分长，按照不同部位的材质，分门别类摆放好，并清洗得干干净净，标价从2分钱至5分钱不同，顾客们可凭口袋里的经济实力，自由挑选哪一部位的甘蔗，这让苗姨的生意格外兴旺。

为巩固和扩大消费群体，苗姨对老顾客实行优惠政策。那些人如果遇到口袋没钱，又嘴馋时，咋办？赊账。事先跟苗姨打声招呼，拿了甘蔗就可以走人，反正苗姨给记着账。苗姨的甘蔗生意越好，赊账的人也越多，苗姨也似乎越放心，因为赊账的人几乎每天都要经过她的摊前，她只要用眼睛轻轻一扫，那些人就会立即表明态度，承诺还钱的时间。苗姨用一种无形的力量，牵制和约束着赊账的人，让他们时刻把欠账挂在心头。外界传说，苗姨的记忆力十分惊人，我想这也让苗姨对赊出去的账始终成竹在胸，在她面前似乎很少出现赖账者。

那时苗姨家的甘蔗总也卖不完，一年四季从不见断货。我们都不知道她的甘蔗具体是从哪个渠道进货的，而且奇怪一直没人说她搞投机倒把。事实上，苗姨的甘蔗销售量早已与镇上的合作商店平分秋色，她完全凭女人的一己之力与合作商店里坐着的几个男伙计抗衡，与他们竞争甘蔗生意。她那超乎寻常的经商能力，让镇上的大多数人折服。

在镇上，苗姨和她的甘蔗摊渐渐成为一道不可或缺的风景。无论在车站广场，还是光德桥畔，那道风景都能迅速映入小镇人的眼帘，紧密融入小镇人的日常生活中。这个终日里穿着黑衣黑裤、系着黑布襕的中年女人，每天黑乎乎的一团驻守在那里，阅尽路上所有的景物和世事。如果遇到苗姨哪天不摆摊，镇上的人普遍会感到不习惯，心头像缺少了点什么，然后设法打听苗姨的下落，或挨个去她家探望。所以，苗姨遇到生病时，她的幸福感特别强，很多人上门来嘘寒问暖。人们如此关注苗姨，本质上是在维护小镇亘古未变的某种格局，获得一种心理上的平衡。

在小镇这条纷攘的老街里，充斥着所有的家长里短、凡人俗事，这里像是最热闹的人生舞台，每天都在上演一出出新鲜生动的剧目。苗姨无形中成为这座舞台的主角，其一言一颦、一举一动尽出现在镇上人的耳目里，哪怕她家里发生一件芝麻大的事，也会被津津乐道。

我每次路过苗姨家门口，都没见到过苗姨的老公。卖甘蔗毕竟是气力活，每天一捆捆去外面运过来，每天还要搬进搬出的，真心不容易，如果她家里有个男劳力该多好。可苗姨的老公究竟在哪里？苗姨有一个女儿，属于独生子女，不知道是否她生的，母女俩一直相依为命。国家彼时还没实行计划生育，苗姨为啥不多生孩子？这些疑问，那时我根本不会去深究，我相信镇上的老辈人肯定晓得苗姨家的故事，这故事讲出来，说不定让人唏嘘。印象中，她的女儿从不走近她的甘蔗摊，或许是怕被同学看见，觉得难为情，或许对母亲的生意缺乏兴趣，也或许是出于其他原因。

意料之外的事，总在情理之中发生。大约两年后，苗姨推行的赊账政策终于出事了。那天，老街上有不少人在窃窃私语，语气和表情都在替苗姨惋惜。原来苗姨把赊账记录的小本本给弄丢了（也许被人偷了），那么多的赊账，苗姨不可能全给记住，随后镇上出现了一群赖账的人，大人小孩都有。

苗姨的秘密也意外被捅破，人们经过分析后，纷纷得出结论：原来苗姨所谓超强的记忆力是假的，她的眼光完全是唬人的，她全靠小本子记账。现在可好了，口说无凭。赖账倒还其次，苗姨并未把它放在心上，要命的是，苗姨的脑子像是电脑犯了病毒，把赊账的张三李四们互相给搞混了。明明没赊过账的，或赊过已还账了的，苗姨硬说人家还赊着；明明还赊着的，却认为人家已还账了。苗姨由此得罪了一部分人，这些人除了当面谩骂苗姨，暗地里还搞恶作剧，实施报复。

苗姨家后面是剡江的堤坝，一楼后半间的屋顶与江堤差不多高，一群顽劣的孩子开始拿苗姨家的屋顶做出气筒。他们隔三岔五往上面丢石块，哗啦啦砸碎了不少瓦片。遇到雨天，外面下大雨，苗姨家厨房间下小雨。等到苗姨快速地追出来，熊孩子们已跑得杳无踪影，苗姨不止一次被气得胸疼发作。这还不够，常常在黄昏做饭时，他们用大把稻草把苗姨家的烟囱塞个结结实实，正做饭的苗姨被满屋的浓烟呛得泪流满面。

苗姨好心办坏事，让她做梦也想不到，她开始认真反思这件事。不久以后，苗姨做出了一个惊人的决定，她准备忍痛割爱，取消这项优惠政策，同时又宣布所有的赊账一笔勾销，对赊账者既往不咎。这突如其来的消息，一夜之间让赊账者们感动至极，也让那群顽童们愧疚不已。往后的夜晚，苗姨家的门缝不断有窸窸窣窣的声音传来，那是钱币在陆续塞进来。屋顶的碎瓦片也被人悄悄更换了，再也没人来堵塞烟囱了。这后续发生的事情，又让苗姨始料未及。

许多年后，我再去小镇，苗姨早已不在人世。邻家大婶告诉我，苗姨生前把卖甘蔗积攒的钱，一半资助给了镇上的两名孤儿，另一半仅留给了自己的独养女儿。

我突然感到鼻子有点发酸。

旧大礼堂看门老头

镇上的旧大礼堂曾被我们深深眷顾并宠爱着。

那年代，我们绝不会去念想一座富丽堂皇的影剧院，做梦都不会。几十年过去了，那座简陋的大礼堂被时光的布幔层层包裹，逐渐化成一块温润透亮的琥珀美玉，闪烁着梦幻般的光泽，永久沉淀在我的心窝里。

大礼堂是我们少年时期的“伊甸园”，当黑白电视还寥若晨星时，那里经常放映各种彩色电影，还有镇上的各支文宣队定期组织文艺演出。偶尔还有公社召开的重要大会，那肯定是国家或地方上发生了重要的事情。但在那里，大多数时间在放映各种电影，大多数时间我们在疯狂玩耍。比如在一排排座椅间任意追逐和捉迷藏，在一把把座椅下匍匐着搜寻硬币；还有我们把大礼堂的看门老头当作“鬼子”，与他长期周旋，与他斗智斗勇。

说来你不信，大礼堂的看门老头竟然看不住门，尽管他年纪已经很老，老得眼花耳聋，老得弯腰驼背，还老得面目可憎，但那不是他看不住大门的理由。他看不住大门是因为大门外没设门岗，唯一的门房改售票处了，售票处可比门岗重要多了。他只能住在舞台右侧的化妆间，而这化妆间恰好被舞台侧墙挡住了视线，住在那里根本看不到台下数百号座位，哪怕下面翻江倒海般闹腾，只要不发出太大声音，老头是断然觉察不到的。

老头除了看门和管护大礼堂财产，还兼顾台上台下打扫卫生的任务。每次放完电影，或演完戏，满场都是丢弃的垃圾，老头得及时清扫。这扫地活累是累，但每次都能获得额外的福利——捡到大大小小的硬币。在物价低、工资低的年代，这1分、2分、5分的硬币很值钱，积攒多了，是一笔可观的小财富。

我们很是羡慕大礼堂的看门老头，既能近水楼台免费看电影，又能不断地捡到钱币，我们无数次幻想去取代他干这扫地的活。有一次，在大礼堂门外，我们几个小伙伴怯生生地向他开口，大意是学校老师布置了学雷锋做好事的任务，要求放完电影后，帮他打扫座位下的地面。说这番话时，我们的心在怦怦直跳，生怕编造的谎言被他立马识破。也许是怀疑我们扫不干净，也许是不想让我们抢占鲜为人知的福利，总之，他当场拒绝了我们。瞧着他那副凶悍的面孔、不近人情的冰冷态度，我们除了失望，更多的是对他产生了憎恶之情。

每当无聊时刻，我们总惦记着去大礼堂捉迷藏，但前提是如何进入大礼堂，如何避开老头的耳目，这是两个相当棘手的问题。大礼堂正门朝东，有左右两扇大门，老头进出一般走左门，用一根大链条锁住，出来时锁外面，进去时锁里面。右门是从里面用粗大的铁插销插住，外面根本推不动。老头多半喜欢午后外出，我们凭锁门的位置，就能准确判断老头的行踪。遇到老头外出时，我们使劲往里推左门，推出一条20公分的缝隙，让最瘦小的小伙伴挤进去，从里面把右门打开，然后大伙长驱直入。

我们在空旷的礼堂内尖叫，雀跃，奔跑；我们在舞台上扮演各种角色，手舞足蹈地模仿演戏；我们还用小手使劲拉扯台上的白色宽银幕布，不断摩挲着，试图从幕布中挤捏出神秘的电影画面来……当我们忘掉周遭一切，沉浸在无休止的快乐时，外面望风的小伙伴风风火火跑进来报讯：“不好了，‘鬼子’来了！”我们大惊失色，呼啦啦全一猫腰钻进一排排座位通道里，迅速隐蔽起来，全场鸦雀无声。

“鬼子”看到洞门敞开，知道自己的营地已被人家乘虚而入，立即气急败坏地抄起墙角的一把扫帚，一排排地寻找起目标来。大伙屏住呼吸，向“鬼子”未搜索的另一侧地面，小心地转移过去，然后飞快地跑出右大门。手脚不利索的人当场被“鬼子”截住，背部挨了好几下扫帚。其实看门老头是失策了，本可以瓮中捉鳖，他进来时，没把大门反锁，结果漏了网，全让我们逃脱了。

当然这样的情景，后来几次继续出现，老头就有经验了，进来时先把门反锁，再从容地一一捕捉。但道高一丈，魔高一尺，我们事先在舞台左侧的窗口扒了个洞，作为应急逃生口。反正，我们每次都有应对老头的逃生策略，他也实在拿我们没办法。

我一直惦念着哪天放完电影，能抢在老头打扫之前，钻进每排座位里去细细寻找硬币，但那是玩心跳的事。老头在舞台上像一个真实的“鬼子”，边左右晃动着巡逻，边居高临下监视着全场。要在他的眼皮底下行事，真心不容易。后来我摸到了规律，一般前晚放完电影，老头在次日上午 8 点钟打扫，这样我必须赶在前面潜入进去，那会儿，说不定他还在做早饭呢。但他似乎有所提防，提前加强了警戒，往往在 7 点钟左右，就搬一把椅子，坐在舞台上，慢笃笃地抽着烟，呷着茶，眼珠一动不动地盯着场地。

有天晚上，大礼堂放映朝鲜电影《卖花姑娘》，场内人山人海，水泄不通，观众们稀里哗啦洒了一地泪水。那晚我们并不关心湿漉漉的地面，而是盘算着这么多的观众在地上会遗落多少硬币。第二天大清早，小伙伴们相约潜入大礼堂，这次终于抢在老头起床之前，顺利完成了搜寻工作。意料之中，我们收获颇丰。以后几次，我们有成功，也有失败。老头从台上跑下来想撵走我们，但他十分不方便，因为他的腿脚已经老化，走路显得蹒跚，结果全让我们轻松逃脱。

尽管在老头眼里，我们这些顽童已经犯下了“不可饶恕”的“罪行”，但在大礼堂内，我们并没有真正损毁过一件公物，老头心中也明白，只是我们破坏了原本安静的秩序，隔三岔五地惹他生气。

有一回，我们学校来大礼堂演出，在一出戏中，我扮演国军士兵甲，与士兵乙押着一位五花大绑的“地下党员”上台来。那时，老头就站在侧台瞧着我，我担心被他当场认出，他会冲上来揪住我，然后我被他押送着，在众目睽睽的舞台上，交给学校老师，那我可是丢尽了脸。所以我有点做贼心虚，拼命压低黄色军帽的帽檐，低下本应昂起的头颅。幸好他没有辨认出我的相貌，估计在他眼里，我们的模样都长差不多。我算是虚惊一场。

那年初冬，在大礼堂门口，停放着一辆辆超高超重、满载枯黄芦苇的手拉车，有一位顽皮的伙伴攀上悬空的车把手，不慎把支撑杆给碰倒了，载重数百斤的手拉车突然前倾，尖锐的车柱木戳入稚嫩的大腿，鲜血汩汩地流出来，伙伴疼得昏厥过去。最先看到的是大礼堂的看门老头，只见他一个箭步跑上去，一把抱起受伤的孩子，急吼吼地跑向镇上的卫生院……那次，他的身手从没这么敏捷过，他的步履从没这么疾速过，究竟是什么力量在驱使他，我们都感到吃惊。

老头为医生的抢救赢得了宝贵时间，孩子转危为安，整个镇上的人都知道了，人们都在夸赞看门老头，小伙伴们都被这件事深深震撼。大伙发誓，再也不去那里捡拾硬币了，再也不去骚扰他了，让那里的一切重归宁静。

1987 年某天，我路过小镇，心血来潮去探望曾经的大礼堂，可那里早被拆迁了，原址已被一座私企厂房取代。我去东面新建的影剧院参观，偌大的内部空间，所有的设施都是簇新整洁的，我感到非常陌生。这影院不单是改了地址，而且里外格局跟城里的影院没啥两样，只是没有了当年原始简朴的氛围，也没有了令人遐想的玩耍空间，更没有了看门老头伛偻苍老的身影。

小剃头董山

小镇剃头店原先在老街南端，在威风八面的“打办”斜对面。这剃头店又旧又脏，顾客多时，地板吱吱嘎嘎的叫唤声特别厉害；天花板上也积满陈灰与蛛网，有时冷不防会掉下一簇，剃干净的头发只得返工重洗。这样糟糕的环境，让剃头店生意门可罗雀，许多家庭都自备了剃头刀，由父母给孩子剃，剃得不咋样也默认了。几年后，公社在南街南侧新盖了一长溜楼房，邮电所、税务所、剃头店啥的都搬过去了。新剃头店宽敞亮堂，人气立马跟着旺起来，剃头师傅也迅速增加到 10 来位，董山就在这个崭新时刻被招入剃头店，开启了新的人生征程。

那年董山才 20 岁，来自大山深处一个叫董村的偏僻地方。里山人说话的声调拖得长，曲里拐弯的像唱歌，加上董山个头矮，一米六不到，让人的印象特别难忘。没多久，这位剃头店新来的“里山童工”便成了镇上人们饭后茶余的谈资。由于剃头店在小镇属于独家经营，而且又是集体单位，董山无疑捧上了令人羡慕的铁饭碗，等于一步跨入了工人阶级行列，那年头，工人的政治和经济地位可要比农民强很多。

剃头行业的学徒期规定为三年，这三年里，在论资排辈的师傅们面前，董山是名副其实的矮人三分，干重活脏活是他的分内事。比如每天提早开店门、买煤球、生煤灶、扒煤灰、扫头发、挑河水等等。但董山的主业还是剃头——“虽是毫发手艺，却是顶上功夫”，剃不好头，杂活干再多，也是不讨师傅们好，更不称顾客们的心。也许从小生长在山旮旯里，没见过山外的大世面，董山总显得迟钝不开窍，一副笨兮兮的样子。师傅们一年调教下来，董山的剃头技术没啥进步，依旧停留在初来乍到时的水平。

董山尽管个子矮，却是宽肩厚背，挑起水桶来健步如飞，可能是里山人打小挑惯了柴担的缘故。这沉重的柴担虽然压扁了山民们的骨骼，却锻炼和造就了董山吃苦耐劳的身板。在剃头店，缺电不怕，就怕缺水，缺了水，顾客就不能洗头，剃头店的营业就得暂时瘫痪。那时镇上没有自来水，全靠人力从河里一担担挑上来。

镇西有条小河，通过碶闸流向剡江。剡江有潮汐，小河水也一日两次涨落，董山总在退潮前去小河挑水。剃头店的两口大水缸安放在后门露天高台上，高台离地面两米半，董山每天从两百多米外的小河“哟嘿哟嘿”挑来水，还要迈上十多级台阶，才能吃力地倒进缸里。

挑满这两大缸水需要 18 担以上，每天 18 担，每月就 540 担，每年至少 6500 担，这可是个天文数字，体现了董山惊人的蛮力与恒久的毅力。董山历经两年挑水，矮个子完全定型，身材也像水桶般愈发粗壮。

挑水虽无技术含量，但也需动动脑子，就像学剃头，脑子不转动，技术就差劲。董山挑水总是清浊不分，挑来的多半是浑水，虽然经过缸里的自然沉淀，水质有所改观，但缸底容易积满厚厚的泥浆。一到傍晚，缸里的水就快见底，黄泥浆水就从洗头盆上的水龙头里汩汩流出，剃头店的毛巾越发变黄，顾客们的头越洗越脏。这时，师傅们必定大呼小叫，随即七嘴八舌骂起董山来。骂多了，董山也习以为常，权当耳边风没听见，里山人总是一根筋走到底，认死理，这是董山身上的一种犟毛病。董山挑水依旧我行我素。

每位剃头师傅的技术与风格都不同，顾客们挑谁剃头，完全按自己的个人喜好。鉴于董山的剃头技术迟迟没有长进，选他剃头的顾客寥寥无几，除非新来的顾客不知实情，懵懵懂懂找错了目标。很多时候，师傅们忙得要命，董山却落得清闲，像个局外人一样超脱。当然董山越清闲，技术就越不会进步，在店里的地位就始终低下。

那年，小镇突然流行"红眼病"，传染性极强，街上一下子冒出了大批戴墨镜的"红眼人士"。那些日子，人们谈红色变，却又对此束手无策。而剃头行业广泛接触各色人等，自然成为高危行业。没多久，店里有6位师傅不幸感染了"红眼病"，陆续戴上了墨镜。剩下的4位，包括董山，瞬间成为顾客们的香饽饽，大家纷纷找他们剃头，寻求安全。非常时期的董山主要负责给小孩子剃头，由于小孩们对剃头技术要求低，也不用讲究姿容美观啥的，董山意外地获得了施展身手的良机。

那时剃头基本用手轧剃刀，不像现在用电动推刀，既省时又省力。手上功夫特别能考量剃头师傅们的技术，想随便糊弄是万万不行的。董山剃发水平的糟糕之处在于，没有从短到长的自然过渡，剃得着的地方，剃得光光的；剃不着的地方，该多长还多长——形成了"锅盖头"。这"锅盖头"发型本来是剃头师傅学徒时经历过的最初级阶段，论年限，董山早该度过了这个阶段，可事实上董山愣是迈不过这道坎。看来他缺乏剃头天赋，捧这饭碗实在是阴差阳错。

那些日子里，小镇里满街跑着"锅盖头"孩子，这如出一辙的版本，镇上的人都知道是董山的"杰作"，家长们都心平气和地接受了这种古怪的发型，毕竟孩子们避开了感染红眼病的风险。目睹街头这一道道流动的怪异风景，董山反而感到神清气爽。

你想做个碌碌无为的剃头匠，还是想做个出类拔萃的美发师，师傅们不止一次诘问和开导董山。空余时，他们还张罗着为董山做媒，可惜都因董山个子矮小、手艺蹩脚，被姑娘们婉言谢绝了。后来师傅们灰心了，董山也泄气了。大好时光在悄悄流逝过去，董山渐渐沦为大龄青年。

每天的日子就像董山挑的 18 担水，平淡乏味，机械重复。每当挑水疲累烦闷时，董山总会异想天开：俺每天这么辛苦地挑，说不定哪天就感动了龙王，龙王会派两位水神每天给俺灌满两大缸……董山晚上时也做过类似的梦。没过几天，董山做了件令人意想不到的大事，让他一下子变成了英雄，剃头店内外的人都万分惊讶。

那天早上，北风呼啸，气温降到零下，小河也破天荒结了冰。董山搓着双手，照例来到河埠头挑水，两桶水刚舀满，正待上肩，突然，不远处一位砸冰的老汉“哗啦”一声掉进河里，老汉不会游泳，在水里拼命扑腾。这千钧一发之际，“旱鸭子”出身的董山一脚踢翻两桶水，然后抱起两个空木桶，毫不犹豫地跳入水中，一边拉住下沉的老汉，一边将其中一只木桶塞给他，死拉硬拽，总算把老汉弄上了岸，两人都冻得几乎昏厥过去。

几天后，一个阳光煦暖的日子，老汉的子女们敲锣打鼓来剃头店给董山送来大红感谢信。感谢信就贴在剃头店大门外右边的墙上，前来围观的人里三层外三层，小镇里争相传颂着董山的美名。从此，店里所有的师傅对董山刮目相看，董山再也不用挑水了，有人接过了董山的担子。

自此，踏进店门的顾客开始热衷于找“英雄”董山剃头，这让董山的剃头技术突飞猛进。人们相信，董山开窍以后，任何人都不能阻挡他成为店里技术最好的师傅，至于董山的婚姻问题是否水到渠成解决，我想这应该不是大难题了。

轧米胖的阿忠伯

我是在镇上的老街长大的。在那段青草般鲜嫩的年龄里，我没有任何学习压力，也没有什么远大的理想，我整天无所事事，不停地逛呀逛，逛遍了老街的每家店铺，认识了住在那里的每个人。我的那些无忧无虑的光阴，往后打着灯笼都找不到了。

我的胆量在同龄人中不算小，比如去宽阔的剡江里游泳，我从不害怕河沙鬼；在夜晚的墓地里独自行走，我决不会心惊胆战。可难以置信的是，在那条短短的老街上，我竟然惧怕两样东西——打针和放炮，相信我的其他小伙伴也莫不如此。

这打针的实施者，是来自老街的胡纪达诊所，这胡纪达本是牙科医生，跟打针是两码事。据说他定期逮住小孩打针，专打手臂，疼得要命，人数凑不够，就满镇满街找，小孩们都吓得东躲西藏。后来我猜想这可能是当时的疫苗针，也许是县里或公社下达的必须完成的任务，让他的牙科诊所兼带防疫职能。而这放炮，来自牙科诊所斜对面的阿忠伯家门口，是由 50 来岁的阿忠伯放的。他是镇上唯一的轧米胖师傅，这放炮是必备环节，是轧米胖过程中最重要的内容，炮不放，大米、玉米、年糕片等就不会膨胀，米胖等就形不成。往往人在没有提防中，身边“嘣嘭”一声，震耳欲聋，让人的魂魄顿然出窍，对孩子们来说，那是最难受和害怕的瞬间。

从概率上讲，胡医生打针充其量一年一次，只要躲过一阵子就好。而轧米胖则是每星期两三次，十分频繁。我掐指算过，一炉米胖需要轧 15 分钟，每小时可轧 4 炉，8 小时就轧 32 炉，也就是，一整天至少要放炮 32 次。伴随着持续不断的放炮声，老街里的地面和房子也时不时地在颤抖。小孩们则捂起耳朵，缩起脖子，每隔 15 分钟，就飞快地逃往老街的两端，或者猴似的闪进小巷小弄里。

阿忠伯家地处老街中心，隔壁是中药店，中药店临街的墙面是镇上的大批判专栏，专栏上图文并茂，专栏下观众聚集，专栏也隔三岔五更换新内容。而一步之遥的阿忠伯家门口，却是一幅充满烟火气的热闹生活场景图。

阿忠伯常年戴着一顶褪色的蓝布帽，布帽上落满细小的烟尘颗粒，布帽下藏着一副烟熏火燎的脸，耳朵上时不时夹着一根廉价的雄狮烟，浑身上下散发着刺鼻的烟火味。

每逢轧米胖日子的大清晨，阿忠伯先要完成广而告之的任务。他会踏遍镇上的每条街弄，路过每户人家门口，一路涨红着脖子，高喊着“轧米胖嘞、轧米胖嘞……”一小时后，他提着嗓子吆喝完毕，回到家门口，便开始点火生炉，然后接纳第一炉米胖生意。随后，顾客们络绎不绝来了，手里拿了装着大米或年糕干的器具。

他坐在小矮凳上，用力转动葫芦形铁锅炉的摇柄，一手攥着风箱杆来回拉动，漆黑的铁锅炉匀速旋转着，红色的火苗飞快地舔舐着锅的底部。阿忠伯的这些动作尽管单调乏味，已经重复了千万遍，但还得千万遍地重复下去，因为每炉米胖、年糕干，或玉米胖，都寄托着每个家庭、每个孩子的希望，尤其是在物资贫乏年代，人们的温饱还没完全解决的情况下。阿忠伯像一位技艺精湛的厨师，一丝不苟地制作着顾客们的每一盆菜肴——米胖。他十分清楚，火候与时间掌控得是否精准，事关这炉米胖的产量高低和口味优劣，在他手里，绝不制造一炉半生不熟的疵品。

这会儿，阿忠伯家门口的人越聚越多，一炉接一炉的米胖被爆出来，老街上弥漫着馋人的香气，人们全都喜气洋洋，小孩们更是兴奋得上蹿下跳。地上撒满碎米胖，犹如天女散花，有人蹲在地上捡着吃。放炮刚过的时间段最安全，围观的人也特多，地上抢吃的人更多。越往后倒计时，围观的人就越少，直至人影完全消失，那是空气凝固的最紧张时刻。待放炮声过后，人们又从四面八方围拢来，如此循环往复，周而复始。

阿忠伯家门口于我而言，是又怕又爱的地盘，怕的是那里让人惊魂的放炮声，爱的是那里香喷喷的米胖。但米胖毕竟是我们小时候最爱吃的零食，即使骇人的放炮声，也抵挡不住来自它的诱惑。每个轧米胖日，我在阿忠伯家门口停留的时间，被切割成一段段碎片，"嘣嘭、嘣嘭、嘣嘭"……我的耳畔时刻回荡着这震耳的放炮声，我也一次次狼狈地做着躲避的折返跑。

阿忠伯的老婆多年前已改嫁，阿忠伯始终是一个光棍，幸亏家里由70多岁的老娘操持家务。每逢轧米胖时，老娘就马前鞍后做儿子的帮手。其余时间，阿忠伯便去地里干农活，种点蔬菜瓜果，补贴家用。阿忠伯家的街面屋不大，望进去总是黑咕隆咚的，家里的物件全落满黑色的灰尘，外间的那顶蚊帐又脏又黑，不忍卒看，估计是长期被轧米胖的烟灰熏的。

阿忠伯最威风八面的时刻是放炮前。当机器的气压表指针滑向"15"时，阿忠伯停下手里所有的活，表情骤然严肃起来。他熟练地拿起旁边的圆筒长竹篓，竹篓口扎着一圈面袋布，将面袋布套住铁炉口，再用脚踩住机器的头部，用一根铁棒插入开关口，令人窒息的时刻到了。所有孩子的耳朵被捂得像铜墙铁壁，阿忠伯仿佛惊涛骇浪中的哪吒，骑在一条黑色的恶龙身上，掐住了它的咽喉，一副豪气冲天的架势。只见他“呸”的一声，把唾沫吐在乌黑的手心里，淡定地环顾一下四周，然后亮开嗓门大喊一声“放炮嘞！”并用力扳动开关……“嘣嘭”一声巨响，大片白烟冲天而起，珍珠般的米胖、喷香松脆的年糕干“轰”地一下蹦进了长竹篓，少量的飞溅到外面地上散开来。

阿忠伯嘘出口气，像是又完成了一件称心如意的作品，表情也比先前放松多了。他开始熟练地打扫起“战场”来，将竹篓里的米胖一粒不剩倒入主人的畚箕里，仔细清扫着地上的碎米胖，用布条将铁锅炉内壁擦拭得干干净净，又把下一户人家的生原料缓缓倒进铁锅炉的肚子里。

每个行业都有潜规则，轧米胖也不例外，这潜规则叫留底，即轧米胖前乘人不备，从各家原料中利索地抓出一把，放入事先备好的容器里，这样集腋成裘，米胖师傅家的米缸总是绰绰有余的，然而阿忠伯却从不做留底行为。阿忠伯说，那是良心上的事，我收了人家的加工钱，每一粒米、每一片年糕都归属人家，我要替主人家着想，不能损人利己。所以阿忠伯的身边看不到任何装东西的容器。

那年冬天，阿忠伯老娘患病去世。出殡那天，老太太的遗体被许多人从黑黢黢的屋里抬出来，准备装入棺材。懵懂的我大着胆子，挤进人缝看热闹。阿忠娘的脸色像阿忠轧的米胖一样白，但面容却十分安详。我平生第一次目睹了一位老人逝去的样子，内心非常震惊，我为阿忠伯感到悲伤。那会儿，我多么盼望阿忠娘会突然睁开眼爬起来。阿忠伯趴在棺材前，哭得死去活来，久久不肯起身。老娘走后，阿忠伯缺了个重要帮手，轧米胖时常常精神涣散，心力交瘁，轧出来的米胖质量也大不如从前，人看起来突然苍老了许多。

真是祸不单行，第二年春天，阿忠伯家门口来了一帮戴红袖章的人，口气凶巴巴的，据说是镇上革委会的人，阿忠伯被他们莫名其妙戴上了坏分子的帽子，罪行是在革命大批判专栏前放火，放炮，动机不纯，并屡教不改。即日起，停止轧米胖，并没收米胖机，去队里参加生产劳动，接受社员群众的监督。

从此，我走过阿忠伯家门口时，再也不用捂耳朵，再也听不见他“放炮嘞”的大声叫嚷，我的心头感到阵阵苍凉。

母亲的采购商店

一

采购商店，这个充满历史印记的小镇收购站，如今早已泯灭于世，但我不敢忘却其中沉淀的许多故事。很多年来，我清晰地记着从辽宁南下的母亲留着齐耳的短发、端坐在那里拨打算盘珠的模样。显然，采购商店是母亲融入南方的最早领地，她在此厮守了十几年，彼此已水乳交融，它像是母亲另一个温婉的代名词。

采购商店并非临街店铺，它其实是一座狭长的大院子，银色的铁门朝西开，太阳落山时，会泛出耀眼的光芒。那里有一排仓库式的平房坐北朝南，由西往东伸延进去，院子被粗砺的青石墙圈住，围墙外是一条坑洼不平的机耕路，连接小镇东部的几个村庄，南面是广袤葱郁的田野。

如果把穿镇而过的剡江当作 X 轴，把纵贯南北的鄞奉公路当作 Y 轴，采购商店地处 X 与 Y 轴相交处的东南区域。这个区域的北侧还有专门销售农资的生产商店，与南侧的采购商店遥相呼应，尽管中间隔着一座大牛场——当年号称“浙东第一牛场”，两大商店同属供销社旗下，不仅有连排的经营房，还有偌大的场院用来囤积物资。那时候，生产商店的职能是将国家的紧俏物资毫无保留地供应给民间，而采购商店的职能则是将民间的物资源源不断收购进来。前者是卖，后者是买，买卖渠道不同。

母亲的商店从废铜烂铁、废纸塑料、碎头发，到蔺草席、稻草袋、黄麻片、苦楝果、桃子核、紫云英种、鸡蛋、鸭蛋、蜂蜜、泥鳅、黄鳝，以及屠宰后剥下的牛皮、猪皮、猫皮、狗皮、狐狸皮、黄鼠狼皮，还有猪骨头、牛骨头、牛油、鸡毛、鸭毛、鹅毛、猪毛……统统纳入收购范围。这让母亲的采购商店显得丰富而生动，比如每间仓库里、院子每个角落里常年堆积着——新的旧的、生的熟的、死的活的、香的臭的、净的脏的、美的丑的、笨重的轻盈的、庞大的微小的、能吃的不能吃的等各种物资。

母亲是采购商店里唯一的女性，任职出纳岗位。各种物资收进后，所有需要支付的钱款，得先经过母亲那面棕色算盘的核准（尽管那面算盘早被母亲娴熟的手指打磨得褪了色，但在那个年代，没有比这更便捷的计算工具了），然后，一张张钞票、一枚枚硬币会经母亲之手，分毫不差地递到顾客手里。

二

1963 年，正值芳华的母亲毅然辞别辽宁阜新老家，跟随参加过抗美援朝的父亲千里迢迢返回奉化。母亲的抉择并非心血来潮，而是深思熟虑的结果，就像她执着任性、一往无前的性格。1963 年至 1968 年的六年间，母亲先后完成了四个孩子的生育任务，并陆续承担起抚养孩子的重任。“文革”开始后不久，厄运突然降临到我们这个荏弱的家庭，担任小镇税务所长的父亲一夜间被扣上特务和反革命帽子，随后，隔三岔五遭受造反派批斗。母亲一边要保护和照顾父亲，一边要与造反派们周旋，直至父亲被送往县里的“五七干校”改造。

父亲离家后，母亲像一叶风雨中颠簸的小舟孤立无援，每天感到悲哀、压抑和焦虑，生活陷入困顿。那段时间，她开始艰难地重塑起自身，也同时重塑我们这个带有南北文化背景的家庭，以此适应当时不平常的社会政治环境。

但母亲竟忽略了一个重要的塑造环节——语言。六七十年代，是中国人口流动最缓慢的年代，也是人们语言交流最薄弱的年代，小镇这弹丸之地，要接纳母亲这样的东北人，似乎并不具备合适的环境条件。那时强势的本地方言根本不把北方来的普通话放在眼里，而是千方百计排挤它。母亲初来乍到时那口标准的东北话，天长日久，没有守住它的韧劲和本色，语言体系被本地方言逐渐侵蚀。而且母亲在学练本地方言时，又遇到自身基础厚实的东北话的强力抵御。以至于几十年来，她的方言能力一直徘徊不前，最终形成南腔北调。我深信，母亲一定是骨子里缺乏语言天赋，或者是被一种顽固的心魔阻碍了她学方言的积极性。

母亲的那口南腔北调，成为采购商店里别样的交流语言，镇上的男女老幼、乡下的农民们，挑箩提篮来店里交易时，都要设法琢磨母亲的语言，有人领悟得奇快，有人半懂半不懂，有人坠入云里雾里，总之，谁能率先听懂母亲的语言，谁就掌握了语言交流的主动权。时间久了，母亲渐渐不需要去适应人家了，而是让人家来试着适应她，角色从被动转为主动，母亲反而获得了从未有过的自信心。

然而，母亲的自信却给我们带来了莫大的自卑，死要面子的兄妹们，为母亲与众不同的发音而羞愧。尤其在学校，那些调皮的同学有板有眼地模仿着母亲的腔调，活像一把把刀子剜割着我们可怜的自尊心。我们兄妹们不想被人嘲讽，从此刻意疏远母亲，避免让她去学校丢人，谁让她是个外地人呢，谁让她把话讲得南腔北调呢。

在漫长的岁月里，我们的家庭内部从不讲普通话，似乎这样做，可以提升母亲的方言水平，可以遵从母亲的语言现状。她这一生没学会讲地道的方言，但她完全听得懂每句方言的意思，并未影响到日常交流，我们实在不能再苛求她了。

三

采购商店幽深的院子里，对我有种莫名的吸引力，百无聊赖时，我总想溜进去，一直走进院子深处，似乎在那里会邂逅许多美好，想象意念中的美好，会让我心旌荡漾，会让我信心倍增。现在想来，那个年龄段的孩子，普遍都有种心理期盼，对某个现象，对某件事情，对某项变化，对某种固有的神秘……

从大门进来十几米，要经过柜台边的一个大窗口，母亲就坐在窗口边，每天专心地拨打着算盘。尽管背对着窗外，但她直觉敏锐，似乎能感应到我的脚步声，抑或能闻出我进来时的气息，她会疾速地回过头，看到我，立马沉下脸，叽里呱啦向我数落起来。我特不喜欢她的眼神，更不喜欢她特有的责骂声，能躲则躲，尽量不被她撞见。母亲生育的四个孩子，有三个她没精力抚养，只能寄养在镇上人家，时间长了，彼此缺乏接触，更缺乏感情交流。所以我天然缺失母爱，这是历史造成的，我不怪母亲，我的弟妹们也如此。

闯过了母亲这道关，我大大松了口气。一路进去，瞧见墙边摆满各种生锈的旧机器，琳琅满目的，像是在举办一场旧机械展览会。前面草丛里终年躺着一大堆牛的头盖骨，白色的牛骨映衬着灰褐色的牛角，骨头上还没剔尽碎肉，但早已被风干，都是些鞠躬尽瘁的老牛，干不动活就被宰了。往前走，屋檐下整齐地码着一只只空铁桶，比柴油桶干净，那是用来灌装黄澄澄的蜂蜜的，嘴馋时，只要拧开小铁盖，用鼻子吸一口，甜香醉人。再往前，是洁净的草席仓库，蔺草的清香溢满整间屋子。那时候，年轻力壮的盛军海和他的伙伴们，每年都要从盛家村挑来一捆捆编织好的草席来售卖。谁也没想到，后来他会成为中国十大名牌西服——罗蒙的创始人、一位闻名遐迩的民营企业家；谁也没想到，当年镇上的采购商店旧址，今天巍然耸立起罗蒙集团的 24 层高楼。

仓库边上，建着个狗窝，终年拴着一条高大威猛的狼狗，那是店里的老张头养的，用来看家护院。我每每从大门进来，走到院子底部去，都须闯过这道鬼门关，接受狼狗的严格盘查。有时它狂吠不止吓你；有时它一声不吭上来嗅你；有时它心情烦躁咬你，但用力很轻，大概嫌我是小孩，嘴下留情了。总之，我每次路过，都要竖汗毛，冒冷汗，被它折腾得够呛。那狼狗对母亲则是摇头摆尾，显得异常温顺，它眼里母亲是自家人，我则是可疑的外来者。

院子尽头，九十度拐弯，又是一个不大不小的院子，边上有一排平房分六间，坐东朝西，那是采购商店职工的宿舍。

南面过来第一间住着老张头，老张头喜欢喝酒，窗台上堆满五颜六色的酒瓶子。作为店里“一把手”的老张头，寝室面对百米之外的商店大铁门，整个院子全在他的监视范围，便于他掌控全局。老张头老家是鄞县茅山，满口操着鄞县话，大约两星期回家一趟。他清癯的脸庞几乎看不到笑容，也许他天性不喜欢小孩，从没有跟我们说过话。空闲时不是去钓鱼，就是逗着狼狗玩。

隔壁是母亲的居室，也是母亲的家。为何不敢称我们的家，因为我没有钥匙，我不住在这里，这个家似乎与我不搭界。但母亲的家，我曾住过两三年。那年到上学年龄了，我不得不从养母家回归，正儿八经跟母亲住在一起。那是我人生的第一次煎熬，就像习惯飞翔的小鸟突然被系上绳索，扑棱着翅膀飞不出去，自由的天空骤然消失。虽在同一个镇上，离养母家也不远，但我被母亲严格看管，轻易不能去养母家，要去也得经过她严格的批准，孤独和痛苦让我整天郁郁寡欢。两三年后，我这只野性十足的鸟雀被采购商店的环境和母亲家的约束给完全驯化了，时间改造人，让我脱胎换骨，变成与从前全然不同的我。没过几年，弟妹们也到了上学年龄，母亲这个二十多平米的家，再也容纳不下家庭其他成员，于是，向镇上的胡大叔家另租了间房子，年租金 18 元，供我们兄妹仨入住。

自此，我们家分隔两处。母亲家成为总部，那里放置着父母结婚时的全套贵重家具，代表我们家仅有的固定资产。这总部是父母商讨家庭要事的指挥部，又是我们这艘家庭大船的掌舵舱。由于去母亲家少了，那里渐渐蒙上了一种神秘色彩，房内总散发出一股醇厚的樟脑丸气味，这气味像是从悠远的旧时光里飘过来的，这气味也在保护我们家从前的一段段历史。我猜想，里面珍藏着父亲的抗美援朝史、母亲的青春热血史，也珍藏着父母的恋爱婚姻史、我们四兄妹的出生成长史，定然还珍藏着父亲的“文革”冤屈史。

从 60 年代初至 70 年代末，我们六口之家居然没有产权房，是镇上真正的无房户，这在今天看来，是匪夷所思的事情。但母亲一直很淡定，从没为此操过心，生活也没发生什么异样。那个年代，这样的境况，肯定不只我们一家。已经拥有一份国家安排的工作，拥有一处公家提供的居室，再自己出钱租了一间民房，母亲早心满意足了，孩子多一点不愁，相信日子会一天天好起来。

再走过去是方小彪的寝室。印象中他总是紧闭门窗，进出像院子角落的老鼠悄无声息。这是一位猥琐可怜的老实人，是长期来的政治环境压迫造成的。方小彪在采购商店干着最辛苦的活儿，大凡最脏最累的物资装卸，都由他一人包揽，别的人常常袖手旁观。据说那年评“黑五类”，供销社给采购商店下达一名“坏分子”指标，七名职工中要投票选出一人，于是大部分人把票投给了方小彪，理由是他平时总是鬼鬼祟祟的，而且有人看到他偷过收购进来的鸡蛋，还偷过出纳抽屉里的钞票。老张头要母亲出来作证人，检举揭发方小彪偷钱的事，但被母亲断然拒绝了，母亲认为没证据是冤枉人家。老张头事后对母亲耿耿于怀。方小彪理所当然成为采购商店的“阶级敌人”，每次搞运动，必定把他当“替罪羊”推出去。日子久了，众人眼里，方小彪长得真像阶级敌人。

第四至第六间是大通间，中间的两道分隔墙被拆除，这样可以住很多人，平时多半空置，每当运动来临，供销社下属各单位的“牛鬼蛇神”们都来这里参加学习班，开展思想改造。参加学习班的人吃住在里面，态度认真而诚恳，大家时而念毛主席语录，时而低头写解剖材料，时而听上面领导来训话。我在那里看见好几位同学的父亲，但我假装不认识他们，避免由此带来的尴尬，那时谁能轻易主宰自己的命运呢。

来这里参加学习班，环境安静，又能避人耳目，每个人都放下尊严与架子，互相袒露灵魂，接受别人对自己的斗争与批判，也接受组织对自己的挽救与改造。学习班效果好坏，取决于每个人写的斗批改材料是否深刻，以及觉悟程度是否高低，外界的人谁都不知道。

屋内是严肃沉闷的政治气氛，屋外是轻松快活的自由世界，但屋外的世界不属于屋内的“牛鬼蛇神”们，那时他们绝对没这份雅兴——

春天，院子里草木葳蕤，遍地是蓬勃的野花，成群的蜜蜂嗡嗡地缠着蚕豆花，妖艳的蝴蝶也出来争抢春光；夏天，柳树上的蝉儿从早到晚鸣奏着背景音乐，草地上和墙垛上结满了可爱的大冬瓜和大南瓜，还有老张头种的西瓜和黄瓜，各种瓜看着就让人眼馋；秋天，待院子里的玉米丰腴饱满时，我们偷着掰下来，用火烤着吃；冬天是捕捉麻雀的黄金季节，仓库后墙的房檐上，每个洞穴里都藏有鸟窝，轻易就能捉到好多麻雀；还能在雪地里用竹筛子捕麻雀，用铁笼子捕黄鼠狼，让人惊心动魄。冬春时节，仓库后墙根一带长着密密麻麻的野芹菜，怎么割都割不完，那是学校兔场里的兔子最喜欢吃的上等草料（我们每周两次割兔草送学校），为此常受老师的表扬。

四

由于母亲带有特征明显的讲话口音，加上受到父亲事件的牵连，那些年里，为避免惹外界麻烦，她低调做人，谨慎行事，尽量不卑不亢。采购商店共有七名职工，他们在彼此熟稔的圈子里，构成一个麻雀虽小五脏俱全的单位组织，各自扮演着不同的角色，谁也不会错位，一旦错位，这个生态圈就会动荡，就会破坏和谐。

我们哥俩在无聊的时刻，总会模仿梁山好汉排行榜，给店里的七个人排座次：老大非老张头莫属，一店之主，一言九鼎。老二是老徐，是个老干部，讲话慢条斯理，评上过右派，经常被叫去参加各种学习班，后来在采购商店没待久，转了岗位。老三是高个子陈云国，喜欢吹牛，社会上三教九流的人都认识。老四是母亲。老五是快人快语的江上游，退伍军人，大部分时间身穿绿军装。老六是阿贤叔，身材魁梧，为人憨厚，沉默寡言，家里有个患间歇性精神病的儿子，怪可怜的。有次我们去卖旧纸箱，里面塞了块石头增重，被他过秤时发现，他竟没向坐在对面的母亲告状，悄悄把石头扔了，当啥事也没发生，这件糗事让我们兄弟仨愧疚好长时间。老七自然是方小彪，是条多余的小尾巴，像是革命队伍中的落后分子。母亲恰好处在中间，在采购商店这个社会小阶层里，她的地位和人脉还算不错，这给我们带来了些许安慰。

父亲在“五七干校”后期，鉴于政治形势的缓和，政策也逐渐宽松，被允许半月一次回家。每逢父亲回家的那个周末傍晚，我们全家会按捺不住跑到采购商店的马路边，伸长脖子，兴奋地眺望县城方向，看父亲风尘仆仆骑着那辆 28 寸“凤凰”，从遥远的“五七干校”归来。只要父亲一回到家，家里饭桌上的菜肴肯定丰盛，母亲喋喋不休的责骂声自然收敛，而且她会面漾笑容，说话和气。采购商店的院子里也弥漫着温馨祥和的节日气息，连平时形单影只的方小彪这会儿也偷偷冒出来，嘿嘿地笑着与我们搭讪，分享我们家庭的快乐。

许多人被历史伤害后，选择把这段历史隐匿，不去触动，也不去回想，更无意让后人知道，宁愿自己永久遗忘。比如我母亲，他对父亲去“五七干校”前后的经历就从不向我们提及，她认为父亲在“文革”中遭遇的磨难，是他人生中无法接受的屈辱，即便在血与火的朝鲜战场上，父亲冒着生命危险，参加第五次战役、清川江大桥保卫战，以及参加著名的上甘岭战役，其残酷和惨烈程度都没有让他胆怯、退缩和屈服过。尽管后来组织上为父亲彻底平反，并落实政策，恢复了党籍和行政职务，但父亲辉煌的人生履历上却铭记着这段痛苦的经历，它给母亲精神上的创伤是永远难以消除的。如今岁月更迭，过往的痛苦都早已被时间疗愈，唯有那段苦难的历史，我们谁也不会遗忘，尤其是母亲。

五

在物资贫乏年代，采购商店是芸芸众生日常生活不可或缺的去处，那里每天向百姓收购着形形色色的物资，这些物资展示人们的劳动成果，增添家庭的额外收入，也给孩子们换取许多零用钱。镇上的居民和乡下的农民谁没有跨进过采购商店，谁不认识讲话南腔北调的我的母亲。

也许是环境的耳闻目染，也许是母亲经常性告诫的缘故，我们从小领悟了劳动创造幸福的朴素道理。空闲时间，我们常去农机厂大门外捡废铜碎铁，积攒多了，卖给采购商店；初夏夜晚，去周边的水田、沟渠里捕捉野生黄鳝，翌日卖给采购商店；夏天中午，拿着铁钳去镇上各处捡桃核，捡满一篮子了，卖给采购商店；秋冬时节，去公路边的苦楝树下，捡苦楝果，装满一麻袋了，卖给采购商店；冬天，母亲竟然把晒牛皮这样的活也给承包过来，那是别人都不愿干的脏活累活，每张牛皮晒干给4毛钱，共有几十张，母亲觉得是一笔大收入，却忽略了它的艰苦程度。那些全是水牛皮，又大，又厚，又笨重，又臭不可闻。太阳升起时，母亲带领我们把一张张血淋淋的水牛皮，从仓库里吃力地拖出来，摊晒在采购商店院子内外；中午时分，我们给牛皮逐一翻面。太阳西沉时，又把晒过的牛皮一张张折叠起来，这时的牛皮干硬得要命，感觉特别沉重，折叠时得费九牛二虎之力，然后再一张张拖进仓库。第二天再重复这样的动作与程序，一连得晒四五天，才算彻底晒干。每晒一个周期的牛皮，我们全身的臭味会遗留好多天，尤其那双手怎么擦肥皂都无济于事。每张水牛皮的重量，都超过我们当时十二三岁人的体重，这是超体力的劳作，好比蚂蚁搬大山，干得太不容易。这晒牛皮的活，母亲总共揽过三次，第四次我们说啥也不干了。

那些年，我们兄妹们通过艰辛劳动，换得可观的零钱，用来贴补家用，减轻家里的经济负担。有了自己的积蓄后，我们会经常跑到供销社书店，挑选心仪的连环画，一本本买回家来阅读，这是少年时代无与伦比的幸福与快乐。我们家的连环画藏书量在镇上数一数二，几乎可以再开一家连环画书店，我们曾引以为傲。

20世纪60年代初，母亲怀揣着梦想与激情，从大东北来到南方小镇，落脚在采购商店，留下跌宕起伏的足印，直至后来完成人生蜕变；而70年代初，我是带着惶惑挣扎的心理，从养母家无奈回归母亲家，同样落脚在采购商店，留下少年时代艰涩的足印。不同年代的两代人殊途同归，但目标和过程迥异，母亲背负的是改观整个家庭命运的重任，我仅仅负责改造个体自身的那部分责任。所以，这是母亲的采购商店，也是母亲的精神领地，我仅是她精神大树上繁衍的一根枝丫。我想，地理意义上的采购商店早已被时光湮没，但精神意义上的采购商店却永远驻守在两代人的灵魂里。

第四辑　烙印

陈家弄堂

我幼时，养娘家边上有条陈家弄堂，弄堂两面分别是永安家的木板墙和副食店的空砖墙。这是条屋内弄堂，大约一米宽、二十多米长，顶上铺着一溜儿参差不齐的旧木板，板上横七竖八搁着永安家的各种农具。弄堂地面是黑乎乎的泥地，泛着青幽的亮光，像是百岁老人的额头。弄堂两端连接着两个截然不同的世界，东端是南北走向的老街，是小镇最热闹的去处，聚集了各类店铺，很像是小镇的五脏六腑，老街就是镇上一条汩汩流淌的血动脉。西端是陈家弄，散居着十多户人家，那里的人家日子过得安静而祥和。那时候，陈家弄堂连接老街中段，是东西向的唯一通道，过往的人格外多。

弄堂口是鞋匠骆阿婆家，屋里堆满一排排各种尺码的木制鞋模，还有琳琅满目的成品和半成品鞋子，地上撒满剪下的碎鞋料。骆阿婆有双巧手，会做皮鞋，也会做布鞋。那时穿皮鞋的人凤毛麟角，所以骆阿婆大半时间是在埋头做各种布鞋，终日听得她家叮叮当当的敲打声和嘶啦嘶啦的缝补声。骆阿婆的脸呈椭圆形，很像一颗枯干的花生，因长年累月不晒太阳，脸显得特别苍白；又因长年累月不喝开水，脸上满是皱褶，所以我背地里喊她为花生阿婆，花生阿婆家也真有喷香的炒花生，经常送给过路的小孩吃，我就品尝过好多次，味道真香，那是过年时才能吃到的珍稀食品。

骆阿婆有个外孙叫亮亮，长得机灵可爱。亮亮七岁那年夏天，剡江遭遇山洪暴发，水位大幅越过警戒线。亮亮独自溜到江边看热闹，在一艘大船的跳板上玩，不幸一脚踏空跌入江中，眨眼间就被汹涌的洪水吞没。亮亮走得太仓促，家里的人后来连尸首也没捞着，我们都断定他被河沙鬼吞吃了。花生阿婆哭了三天三夜，这是陈家弄堂历史上最悲悯的时刻。亮亮死后，阿婆神志恍惚，终日以泪洗面，好多天没心思做手头的活。

花生阿婆家的交通位置无意中成了弄堂的关卡，与东端的永安家东西呼应，共同扼守陈家弄堂两端。

永安家的木板在弄堂里不隔音，板与板之间有好多条缝隙，粗细不等。路过无聊时，我们总爱扒着门缝往里瞧，因此他家所有私密都藏不住。过往弄堂的人，隔三岔五听见永安家四兄弟的争吵声、他爹娘的呵斥声、呼噜呼噜的吃饭声、晚上睡觉时此起彼伏的打鼾声。他家是农业户，家里有很多亩地，兄弟们干活辛劳，饭量惊人，生长旺盛。四个儿子的身板长得结实，老大永安高而壮，老二永定瘦而长，老三永平矮而壮；老四永军是老大老二的综合体。总之，他家阳刚气十足，满屋里飞扬着荷尔蒙的力量。农民户家庭有如此兵强马壮的劳力，着实令那个时代的家庭羡慕。

永安家面临熙来攘往的老街，一板之隔便是弄堂口，弄堂口有一条二十厘米高的门槛。我六岁那年，有位解放军战士坐在这门槛上歇脚，惊讶之余，我悄悄靠过去，抚摸了下他脚上穿的绿色胶鞋，暗地里过了把绿色瘾。那时，我对解放军膜拜至极，痴迷于他们穿的神圣的国防绿和军人身上散发出来的独特的体味，我抚摸军人的绿胶鞋，纯属爱屋及乌的行为。现在想来，那天解放军单独现身小镇有点不可思议，而闲坐于陈家弄堂口，更如做梦一般。那解放军战士来小镇作啥，出差路过？探亲路过？侦察敌情？总之，这成为我心中一个永恒的谜。之后，我无数次坐在那道门槛上，守株待兔般期盼再有解放军出现，那样我会请他到陈家弄我养娘家坐坐。我甚至恳求过永安大哥给我再留心解放军，可这希望近乎渺茫。

很多时候，弄堂口站着个王傻子，躬身缩腰，两手插袖，搁在胸前，一边喋喋不休地胡语，一边轱辘着眼珠子看街上过往的人群。王傻子是陈家弄堂口甚至整个小镇的一道怪异的风景，没人会去招惹他，谁去招惹，谁也是傻子。我养娘说，王傻子以前是个生产队长，能力强，会吃苦。学大寨那阵子，他领着社员开垦坟摊，平整土地，意外挖出两条手指粗的白蛇，他眼疾手快，用锄头三下五除二，把一对缠缠绵绵的“情侣”给砸死了。事后算命瞎子说他冒犯了神灵，会遭受报应。他听后十分惊恐，从此终日茶饭不思，失魂落魄，直至疯傻。

弄堂口左侧是镇上的副食店，柜台里整日站着剃平头的老胡叔，整天笑呵呵跟人说话。老胡叔是外地人，讲话南腔北调的，每每想起他，眼前就浮现出柜台上一盒盒诱人的糖果饼干。副食店后面是潮湿阴森的仓库，那一年，有个王姓女人曾在里面悬梁自尽，从此仓库里有了“女鬼”的恐怖传闻，但一墙之隔的陈家弄堂却十分安宁，真是这道厚实的空砖墙毫不留情地把“女鬼”给挡住了。

陈家弄堂晚上黑灯瞎火，伸手不见五指。大人们经过时，一般会大声吆喝，试探对面是否有人过来；小孩们眼力好，都能穿弄而过，从不嚷嚷，当然走得太快了，也难免与迎面的来人撞个满怀。陈家弄堂常常是镇上孩子们在晚间捉迷藏的首选之地。

农历五九照例是小镇的集市，天刚放亮，老街上便已车来人往，热闹非凡。在物资匮乏年代，人们目睹集市上琳琅满目的农副产品，总是显得格外兴奋。从弄堂的西头望到东头，闪烁而过的集市风景就像变幻莫测的万花筒，会看得你心旌摇荡。

当然，集市上，每逢戴着红袖章的“打办”人员倾巢出动时，人群便会骚动起来，那些闻风而动的“投机倒把分子”，都会选择陈家弄堂作为逃跑的最便捷路径。

那年镇上流行传染病，诊所的胡纪达医生背着那只画着红十字的棕色旧药箱，纠集一帮人，到处逮小孩打针。镇上的孩子如惊弓之鸟，东躲西藏，很多孩子穿过陈家弄堂，往西隐入剡江边茂密的芦苇丛，弄堂成了最安全的通道。后来，胡医生掌握了规律，每天派助手在老街上巡查，自己则把守在弄堂口，有时藏在花生阿婆家，有时藏在永安家，冷不丁出来截住经过弄堂的小孩。这弄堂就成了孩子们眼里最危险的通道，被捉住打针的孩子大声号叫，魂飞魄散。那时，镇上孩子们有“三怕”，一怕河沙鬼，二怕大老虎，三怕胡纪达。

一条狭窄的弄堂，天长日久变成了镇上的某处交通咽喉，而镇上的人们全都喜欢走这咽喉之道。逢西面公社大礼堂开大会、演戏，或放映电影时，这弄堂就变得拥挤。大礼堂边上有公社农机厂的翻砂车间，还有公社电镀厂（排放的废水曾把边上一条清澈的小河给活活污染了），两家工厂的不少工人上下班必经此弄堂。那时，还有排队喊口号的、整天哼着样板戏的、挑粪桶的、倒马桶的、鸡毛换糖的、割猪草的、抬水的、捡柴的……各色人等都经过此弄堂。

这陈家弄堂其实没资格喊弄堂，只能算一条简陋的行人过道，可小镇的人祖祖辈辈都约定俗成这么叫。那时我人小，眼里的弄堂似乎被无限放大了，感觉不出它有多么短而窄，自以为天下的弄堂都该是这格局和模样。

许多年后，我才知道，这弄堂其实是从永安家分割出来的，这让永安家房子的面积严重缩水，对他家日常起居带来诸多影响。我不知道陈家弄堂从哪年开始设置的，并且这是谁的规定，有没有给他家做经济补偿。又过许多年后，当老街渐渐走向衰败时，我再去寻找那条弄堂，发现两端早已被墙砖封住，外面毫无痕迹可辨，弄堂已物归原主，恢复成永安家内部空间的一部分。

从此，陈家弄堂和它的无数过往故事都被尘封在里面了。

副食店惊魂

我每回去小镇，总不忘拐到那条老街上，从南走到北，再从北走到南。老街短而逼仄，不适合城里人的大步流星，我须慢慢地走，依次打量着每间门面，寻找着50年前住在里边的人家，咀嚼着那些刻骨铭心的往事。

那些熟稔的老街人家，其实早湮没于时光深处，眼前物是人非，街两面的主人在不断地变幻，老街在不停地吐故纳新，犹如旧瓶灌新酒。诸多陌生人家的脸在杂乱晃动，他们的面孔跟这条老街是那么不匹配，他们压根不知道这条老街的过往历史，就像是一株株外来植物被人为地移栽到这片生疏的土地上，然后寄居在这个缺乏亲情和记忆的新颖年代。沿着这条古旧的路径，依照从前不变的格局与走向，我可以轻易地走入老街的梦境，在梦的烟岚里飘荡和起伏。

在老街中段两间旧式矮平房门口，有一次，我意外认出了当年镇上搬运社的工人徐大妈，96岁了，身体硬朗得让你无法猜出她的年龄，也许是年轻时练就了强健的体魄——她像男人一样肩挑背扛各种货物（那时搬运社有好多女工人)。她应该是这条老街最古老的人物，就像她家门口种植的那棵活化石——银杏树一样长寿。

就在徐大妈家对面，与陈家弄堂一墙之隔的地盘，曾是四间门面的镇上副食店，现在却被四户人家瓜分了，昔日一排灰旧的商店门板被现代钢窗和防盗门完全取代，20世纪70年代小镇副食店丰盛美好的空间被彻底肢解了，连同副食店背后那座隐秘的大仓库。

那时，副食店柜台内终日站着憨厚朴实的老吴叔，他皮肤白皙、剃着平头、面容慈祥的模样，令镇上的孩子们过目不忘。当然店里还有其他几位店员，我一概记不清了，也许大伙对老吴叔印象太深刻，以至于把其他人都给过滤掉了。在物资贫乏年代，老吴叔掌握着孩子们最喜欢吃的糖果糕饼，他身上浸染了副食店的各种香味，对又饥又馋的孩子们是种莫大的诱惑，他受欢迎的程度不亚于今天的圣诞老人，只是那时白胡子爷爷还没抵达中国。

副食店的柜台与我们的肩膀一样高，我们去买零食时，总爱把下巴支在柜台的边沿上，目不转睛地盯住某样喜爱的食品。柜台上排列着一只只方形的玻璃罐，里面装满深绿的苔藓饼、金黄的油赞子、黑色的橄榄果、椭圆的糖酥饼、喷香的油果、白色的香糕、可爱的动物饼干、漂亮的奶油糖、白纸裹的豆酥糖……全都是那个年代小吃货们的最爱，副食店还售卖散装豆瓣酱、余姚榨菜、萧山萝卜干、什锦菜、桂皮茴香、油盐酱醋糖等。

来副食店的孩子们心情都是亢奋的，他们踮起脚尖，把手里攥得热乎乎的几枚硬币交给老吴叔，老吴叔用夹子从罐里熟练地夹出食品，装到牛皮纸袋里，再小心地递到孩子们手里，老吴叔乐呵呵的表情会让孩子们的内心雀跃不已。

副食店的生意总是那么红火，每天都是门庭若市，连乡下的农民们都特意来光顾。迎着孩子们惊奇的目光，老吴叔骄傲地将一箱箱、一包包新鲜食品从店后的仓库里搬出来，拆封，倒出，均匀地摆上货架，保持新鲜和琳琅满目。这仓库究竟有多大？这里面究竟有多好玩？这堆放的食品会多得眼花缭乱吗？仅隔着一层厚厚的货架，这店后面的世界显得那么神秘，让我们充满好奇，也让我们想入非非。而老吴叔就像是一位魔术师，只许他自个儿在前台独立表演，不许观众闯入后台，不许观众偷窥谜底。

这副食店后面的世界，真让我魂牵梦萦。

我向40多岁的徐大妈打听，因为她无数次进入过副食店仓库，她是镇上搬运社的壮劳力，经常与伙计们一起，把一箱箱货物从三轮卡车上卸下来，再哼哧哼哧扛进去，分门别类码放好。但徐大妈对此事讳莫如深，不肯告诉任何人，似乎与老吴叔串通一气了。我隔着陈家弄堂的墙壁，砰砰砰地敲打着仓库那边的墙垣，除了听到像遥远的地底下传来的震荡声外，没有其他任何反响。我又绕到仓库后门，使出吃奶的力气推动库门，库门纹丝不动，里面早被门闩紧紧顶住。

我横竖都想不出什么好办法，来打开这座像阿里巴巴藏宝之地的仓库，我失望极了，每天变得郁郁寡欢。

当我终于有机会进入副食店仓库时，我那欲望的潮水已经慢慢退却。我好像是从某个梦幻里游荡进去的，但又分明记得不是梦，我是随邻家大哥大姐们溜进去的，是去打乒乓球，因为仓库角落有张乒乓台。我不清楚他们是通过什么关系，进入这神秘之地的。

那是个宁静的夜晚，老吴叔他们早早打烊回家，仓库异常空旷，除了那团微弱的灯光映照着乒乓台，四周黑魆魆的，我根本没看到满屋子光芒四射的糖果糕饼。幼小的我是去看哥姐们打乒乓的，纯粹是瞎凑热闹，仓库的现实环境让我有点胆怯，怕随时会被身边深不可测的黑暗吞噬。

乒乓球击打桌面的声音，在孤寂的仓库里许久回荡着，哥姐们专注于激烈有趣的博弈中，他们早已忘记了时间的概念。我瑟缩着身子，丝毫不离乒乓台半步，似乎这寸地盘才是这个黑夜里最安全的依附。

突然，十几米开外的一架木梯上的电灯亮了，昏黄的光圈立马投射到楼梯口的石板地上。接着，传来人的脚步声，从楼上开始，啪嗒、啪嗒……一级一级踩下来，缓慢而富有节奏。我的小心脏开始收紧，没料想这上面竟然住着人。由于楼梯的走向与我们呈侧面，我只能看到大半个朦胧的背影，渐渐看清了，走下来的是一个阴森森的长发女人。当她踩完最后一级楼梯，触碰到地面的刹那间，猛然回过头来，射出鬼魅般的眼神。幽暗的光线里，我看不清她的面孔，也辨不清她的年纪，但可以断定这女人的年纪不轻了。女人朝我们死死盯了几秒钟，又转过身子，抬起膝盖，一步一步跨上楼梯去，速度跟下来时一样慢。

女人回到楼上后，又有一个人下来，这回是个僵硬的男人，啪嗒、啪嗒……一级一级踩下来，脚步依旧缓慢而富有节奏。当他踩完最后一级楼梯，触碰到地面时，也迅猛地回过头，同样射出鬼魅般的眼神。这个男人的模样仍然看不清，但年龄明显要比女人小，我很有把握地作出判断。

男人回头又一步一步跨上楼去，女人又重新一步一步踩下楼来。这女人和男人互相交替上下着楼梯，机械地复制着每个相同的动作。

看来他们事先已经过谋划，打算轮流监视我们，他们会长着一副狰狞的面目吗？可千万别走过来呀！我一边在心里猜度，一边在暗暗祈祷，一边又留意着哥姐们打球的神态。奇怪的是，哥姐们对眼前的现象视若无睹，他们似乎置身于另一个世界里，剩下我一个人在关注着眼前这看似危险的情景。

他们是谁？为什么要上下楼梯？他们会偷吃店里的东西吗？我满脑子狐疑，注意力早不在乒乓球上面。那个晚上，我第一次遭遇到成人世界带来的困惑，原来我心仪的副食店仓库，竟会是这种惊悚怪异的环境。

哥姐们继续在乒乓台两侧展开厮杀，我继续窥视着楼梯上的男女。我感觉我也在跟那对男女厮杀，彼此用敌对犀利的眼神在隔空厮杀，只是谁都无法战胜谁。不可理喻的是，这男女竟然不知道疲倦，连歇会儿都不敢，生怕一有空隙，会让我们乘虚而入，卷走仓库里的一切，尽管仓库四壁空空如也。我想，老吴叔他们不会把糖果糕饼放这里的，旁边一定还有别的仓库；副食店不会这么傻，把如此贵重的东西拱手让给这对可怕的男女，我随即排除了他们是仓库管理员的想法。

我准备把这个答案抛给哥姐们，却又打消了念头，此刻他们打球正酣，无论如何不会告诉我的，相信以后也不会，他们觉得有的事永远不能让小孩子知道，大人与小孩的世界总是隔着这么一条无法逾越的鸿沟。

那我就大胆推断这是一对处于软禁中的夫妻，遭遇了政治迫害，被迫在此反思和交代问题，许多日子过去了，造反派组织一无所获，却把人家整出了毛病，导致精神逐渐失常。每当夜晚，遇见外界来人，他们便条件反射般不停地上下着楼梯，以此怪异的行为抵挡来自外部世界的恐惧。当然还有一种可能，患难中的男女，为了战胜厄运，寻找生存之路，在极度困苦的环境里，发明了这种排纾愁闷和痛苦的游戏，类似《红岩》中的地下党员华子良，在监狱中装疯卖傻，故意迷惑敌人。

这个推断，瞬间让我产生恻隐之心，对他们的憎恶之情荡然无存。我宁愿相信这会是后一种情况，至少在政治严酷年代还孕育着希望，潜藏着生机，只要留住一颗不羁的灵魂和高贵的生命。

那天晚上我们几时回到家，已记不清了，反正我们离开前，这对男女一直在上下走着楼梯，他们也许不想让我们看到抢先停下来的情形，他们一定要坚持到我们走后，然后畅快地成为精神上的胜利者。很明显，这男女俩的行为是故意做给我们看的。

第二天早上，老街上的副食店照例准时开门，老吴叔照例满面春风，边卸着店里的一块块门板，边与对面的徐大妈唠嗑。阳光正透过对面徐家银杏树叶的缝隙，在副食店门口筛下斑驳的光影。顾客们络绎不绝跨进店里，老吴叔忙不迭地与他们打着招呼。副食店开始迎接一天中最忙碌的时刻。

那晚以后，在很长时间里，我又进了仓库两次，仍是看哥姐们打乒乓，仍是遇见这对男女一成不变地上下着楼梯……我有点见怪不怪了，内心逐渐适应，继而开始麻木。

那年头，副食店仓库夜晚的事情恐怕很少有人知道，仓库的昼夜是泾渭分明，副食店前后是天壤之别，风光八面的老街里该藏匿着多少不为人知的秘密。这些事老吴叔知道，徐大妈知道，我养娘也知道，镇上的许多大人都知道，唯有我懵懂无知。

大约半年后，养娘告诉我一个骇人听闻的消息：有个姓王的女人不久前在副食店仓库悬梁自尽了，据说是被冤屈而走上绝路的。养娘的口气很淡定，听起来像是在讲述遥远的异乡发生的故事，根本与我们无关，我知道她对我的良苦用心。还好，我们已许久没进去打乒乓了，不敢贸然断定死的是哪位女人，也不清楚里面究竟住过多少有问题的人。从此，仓库里有“吊死鬼”的传闻，在镇上迅速蔓延开来。

但匪夷所思的是，老吴叔店里的生意丝毫没受影响，这事似乎与副食店毫不相干，人们都默认副食店前后世界的不同，副食店在往后若干年里，仍好端端地开张着，直到某年搬迁到南面的新街为止，然后老吴叔也退休了，回城里颐养天年。20 世纪 80 年代，副食店旧址被改造成镇上的某家服装厂，前面的店堂与后面的仓库全给打通了，里面是密密麻麻的服装女工，各自埋头踩着一台台缝纫机，传说中的“鬼魂”早被满屋子崭新布料的香味驱散。

有位作家说过，历史不值得你我喜悦，也不值得无情悲伤，历史就是曾经发生的事实，喜悦和悲伤之于历史，终归是廉价和虚无。50 年过去了，我只想让此事在文字里留下一道历史的剪影，记住副食店里难以名状的梦境，留下我久远的迷茫与惆怅。

来之不易的演戏机会

我上小学那会儿，学校里已经把家庭成分看得高于一切。不单是学校，所有工厂、农村、部队、集体单位都视家庭出身为重中之重。我父亲是镇上税务所干部，母亲是供销社职工，我们的家庭成分始终在“干部”和“职工”之间徘徊，表格栏上究竟该填哪一项，连我父母都含糊不清，好在上头睁一只眼闭一只眼，从来没为难过我们。

在镇上玩耍的一大堆孩子里，我们的家庭成分并不吃香，那是“贫下中农”风靡天下的年代，镇上的“贫下中农”家庭相当普遍。“贫下中农”又可分为贫农、下中农、中农、上中农，毫无疑问，处在最上层的“贫农”，解放前都是穷得叮当响的家庭，都是苦大仇深的家庭，这样的家庭子女入党优先，入学优先，参军优先，提干优先。

我们班骆强同学的奶奶，旧社会被卖给地主家做童养媳，受尽百般苦难。新社会时经常被学校请来作忆苦思甜报告。他奶奶的痛苦血泪史，成为我们学校里最优秀的忆苦思甜案例，骆强也理所当然属于根正苗红的下一代，拥有高贵的贫农血统，所以他第一批加入了红小兵，并很快当上了令人艳羡的班长。总之，我们班上的贫下中农子弟优越感极强，各方面受到老师们的关爱。老师们郑重其事地告诫我们，贫下中农管理学校，贫下中农就是学校的主人，一定要把主人摆上重要位置。班上的贫下中农家长几乎都被选为学校“贫管会”成员。

1973 年夏天，我空闲得无所事事，整天游荡在镇上的后晒场一带，整个人晒得黑不溜秋。暑假过半时，突然接到班主任通知，要求我们班上部分同学迅速回学校，去紧急排演一台戏，是反映阶级斗争内容的，但先要选拔一批合适的演员。作为部分同学中的一员，我既高兴，又惴惴不安，因为老师说过，要优先挑选贫下中农子弟做演员。我家不是贫农，我十分害怕被刷掉。然而老天眷顾我，选拔时，不知是老师忘了，还是后来临时改变了规定，出身非贫农家庭的我被幸运入选，扮演的角色是国民党士兵。这剧情说的是，某村恶霸地主江某，依仗儿子在国军部队里当连长，为所欲为，残酷剥削村里的农民，疯狂搜捕和迫害村里的地下党员。后来，解放军来了，地主父子都受到了应有的惩罚。我演的是士兵甲，虽然台词只有三两句，但我已经十分满足了，班上其他同学都羡慕得要死。老师帮我们借来了黄绿色的军装和帽子，请学校木匠定做了几支木头长短枪。用墨汁涂上颜色后，这些黑魆魆的枪械还挺逼真的，挎在肩上蛮威武。这让我们这群演员感到无上光荣，戏还没排演好，俨然成了班上的“英雄”，尽管大多数演的是“坏人”。

让我感到痛快的是，“告密大王”陆军连长这次没被入选剧组，也许他人品不行，也许他个子长得太矮，这让他很是失落。每次排演时，他总在边上偷偷观看，用那双羡慕的小眼睛，用那副可怜的表情，试图打动导演老师的心。有几回，还悄悄过来摸摸我身上背的那支乌亮的长枪，我心里很是得意。

我们的排演进展顺利，大家配合熟练默契，整出戏慢慢有点棱角了，再过十来天，我们就要去后晒场台上正式演出。老师说，这是一次用舞台小品形式代替的阶级斗争现场会，镇上的好多单位都要在台上演出，你们很光荣，一定要认真演好，充分体现我们革命学生的意志和风貌，以实际行动批判万恶的旧社会，保卫我们的红色江山。

谁也没想到，这节骨眼上发生了件意外事。那天，一大帮孩子在后晒场玩“老鹰抓小鸡”的游戏，不经意间，我们兄弟仨与住在老街上的王氏兄弟发生了口角，然后上升为互骂。他们骂我们是反革命儿子，我们骂他们是地主儿子（他爷爷成分是地主）。双方唇枪舌剑，互不退让。说真的，我父亲一度是被打成反革命。我 5 岁时，银行的造反派们经常在晚上批斗我父亲。记得一个漆黑的夜晚，养娘背着我去银行高墙外偷看，在二楼会议室后窗，我清晰地看到了父亲被批斗的背影。父亲一声不吭，低着头，胸前挂的牌子看不到，也听不见会场里的任何声音。养娘与旁边的一位大婶窃窃私语，不断擦拭着眼泪。那一刻，我懵懂地觉察到事情的严重性，吓得再也不敢多说话了。后来几年，父亲去了“五七干校”，我在养娘家就很少知道父亲的事了，大人们也轻易不肯说。

“哈哈，原来你爹是反革命，我要去告诉老师！你没资格上台演戏。”我们的对骂声惊动了陆军连长，陆军连长既幸灾乐祸，又如获至宝。

“你去告吧，我家不是反革命，不信给你看户口本！”我哥不慌不忙地回应。

“对！凭户口本说了算。”我也提高嗓门，壮起胆子，回怼陆连长。

老师要我拿来家里的户口本，仔仔细细进行了审核，本子上果然找不出一个反革命的字眼。这事最终有惊无险地解决了，陆连长想取代我扮演士兵甲的如意小算盘没有成功。这场风波过后，我更珍惜这来之不易的演戏机会。

正式上演那天，后晒场红旗招展，观众如潮。队里的“四类分子”们集中站在舞台前排右侧，个个低着脑袋，一声不吭，准备接受深刻的思想教育和灵魂改造。我看到公社负责治保的李主任，在人群里晃动着影子，他像猎犬一样在维护会场治安。

那次演出的节目以革命样板戏居多，李玉和、李铁梅、杨子荣、小常宝、郭建光、阿庆嫂……这些耳熟能详的样板戏“英雄人物”一个个登台亮相。我们的节目放在中间部分，这个清一色由孩子们演出的节目，在舞台上耳目一新，台下观众们的眼球被牢牢吸引住。当我与士兵乙一起把一位地下党员五花大绑押上舞台时，我俩装出凶相毕露，厉声吆喝他……那一刻，我分明看到了台下全班同学齐刷刷投来的羡慕的眼神，包括班上一群漂亮的女同学；我还看到了邻居掉光牙的阿月婆婆也睁大着眼睛，惊讶地看我演出，事后她肯定会在我母亲面前夸奖我。那一瞬间，我的虚荣心得到了极大的满足。我把目光瞄向黑压压的人群后面，隔着那片碧绿的茭白地，我看见马路上的汽车也停下来了，司机们都目不转睛地观看我们这边的演出。

我人生第一次享受着这万众瞩目的时刻。那次我们的演出相当成功，公社的赵书记上台与我们一一握手，我们还接受了公社交给的一项光荣任务——去下面的几十个村子巡回演出。

李主任出事了

秋天快走到尾巴时，第一生产队打算收割晒场东面水沟里种植的那片茭白。这消息传得好快，镇上许多人闻讯赶来看热闹。

那天，晒场边上挤挤挨挨都是人，队里的壮劳力全都扑通扑通跳下去，满沟的淤泥咕嘟咕嘟冒着气泡，青蛙和螃蟹在脚边四处窜行。茭叶长得高大茂密，快赶上公路边的行道树，人钻进去几乎被淹没。那些收割茭白的社员们，时不时扔上来一只只张牙舞爪的螃蟹、一条条活蹦乱跳的河鲫鱼，还有大大小小的黄鳝、河鳗、河蚌……人群里不断发出尖叫声和惊叹声。这时，晒场中央，青白相间的茭白已经堆得像小山一样高，空气里弥漫着茭白的清香。有人拗不过嘴馋，剥开叶子，大口大口嚼起这又甜又脆的茭白肉。住在队间里的小知青在现场捡了一些丢弃的小茭白，剥开洗干净，用他的那台"五更机"煮了起来，煮熟后，蘸着酱油吃，我们都被他搞得直流口水。整个晒场洋溢着丰收的喜悦，人们早已把田头劳动带来的疲倦丢在脑后。

那天，据说小知青的水煮茭白吃了整整两大碗，我们惊叹这么干瘪的人，肚子里竟然能装得下这么多东西，太让人匪夷所思。当小知青打着饱嗝，摸着鼓鼓囊囊的小肚子，在队间门口舒服地伸着懒腰时，队里的民兵队长突然神色仓皇地跑来，通报大家一个惊人的消息——公社治保办的李主任出事了，是生活作风问题。刹那间，现场鸦雀无声，所有的人面面相觑，大家摇摇头，谁也不愿相信。治保主任想必不会出那种事吧，这还了得！

民兵队长继续绘声绘色讲述着，他们是接到群众举报去陈寡妇家里捉到的，事先根本不知道是谁，从床底下拉出来才真相大白，现场去捉拿的民兵们都惊呆了，谁也不敢上去动手，还是李主任自己主动说，你们把我带走吧。

那个年代，小镇还没有派出所，公社的治保主任管辖的内容非常多，权力也很大，他可以随意审问、拷打、关押那些抓来的坏人，包括小偷、扒手、流氓……全公社的所有治安问题，都由他一手办理，必要时，他还能调遣公社的民兵武装，帮助抓捕那些坏人。

世风再单纯，也难免有坏人出现。受社会环境制约，那时是出不了大盗，就像贫瘠的山林养不出虎豹，但小偷还是比较常见。母亲常常提醒我们，出门一定要上锁，米缸一定要看住，米缸里的粮食安全了，家里一切就高枕无忧了，米缸是那个年代小偷们觊觎的主要目标。

全镇有多少小偷，负责治保的李主任都能如数家珍列举出来。每抓到一个小偷，都会被送往公社大院的最角落——那间四面无窗的房子里，接受李主任的审讯和关押；每抓到一个小偷，镇上的孩子都会好奇地跑到公社看热闹。天长日久，李主任在镇上的声望越来越高，坏人看到他都怕得要命。那时我们时常去公社大院玩，总是碰到这位穿蓝色中山装和绿色军裤的神色威严的治保主任，但他对我们小孩子的态度还是比较和善。

可谁能想到，一位为全镇治安工作立下汗马功劳的治保干部，如今竟会在自己麾下的民兵手里落网，而且涉及难以启齿的男女问题，我们感到无比可惜。一个高大威严的正面形象突然坍塌，这对整个镇上来说好比一场地震。

镇上的人们渐渐清醒过来，开始接受这个无情的事实。

据说女人的老公原先是镇上某单位的职工，业务技术很棒，那年死于一场流行病。女人为了把一窝儿女抚养大，就没再嫁人，而公社的李主任搭上她有一段时间了。对这件事的前因后果众说纷纭，具体版本也不尽相同。有的说李主任早已跟老婆离婚，正与寡妇谈恋爱；有的说李主任家眷在外地，太寂寞想找个伴；有的说，李主任喝醉了酒，跑到寡妇家提出非分要求。总之，无论哪一种情形，对李主任这样身份的人来说，已是无地自容，身败名裂了。

当所有人接受这个事实后，人们的内心涌起一种强烈的好奇心：对呀，眼下的李主任不知被关在哪里？他肯定痛苦万分，无脸见人吧。像他这种专门关押惩罚坏人的人被别人关押了，不知是啥情形，我们一定要去看个究竟。三五成群的人议论完了，便饶有兴趣地出发去李主任关押的地方看热闹。

李主任是被关押在剡江边一间碶闸管理房里，碶闸房离镇上有三里地，它孤零零造在江堤上，四面是苍茫的芦苇，芦秆和芦叶已经变得枯黄，马上要到收割的季节了。江面上，秋风拂过来，带来阵阵凉意。仰望高天，一队队大雁排着人字形，哇哇地齐鸣着，往南飞翔。

路上看热闹的人络绎不绝，碶闸房四面围满了人，远远望去，像是一群密集的蚂蚁簇拥着一堆诱人的食物。门上挂着把大铁锁，没人看守，人们拼命往窗口张望，像观看一头珍稀动物。

我隐约看到了李主任，他靠墙瘫在地上，头发凌乱，衣衫不整，时而胡言，时而哭喊。天哪，他已经疯了！一个昨天还在镇上叱咤风云的人物，今天竟会沦落到这个地步，我唏嘘不已，我的心头怦怦直跳。我不清楚，谁把他弄到这前不着店后不着村的地方，公社多的是关押的房子。这李主任以后可咋办？这个问题也萦绕在镇上所有人的心头。

我对李主任的这段记忆到那天为止就戛然画上句号，以后再也没听到关于他的一鳞半爪的事。日子长了，镇的人不再议论，也渐渐淡忘这件事。

人们更关注街上发生的那些事，比如街头药店外的“大批判专栏”里经常刊出的那些内容，从中嗅出了形势变化的气味；比如公社门口的墙上贴出的那些标语，今天打倒谁，明天又打倒谁，某造反派头目与老婆离婚了，也堂而皇之地出现在标语上，那标语的内容好像是“坚决支持×××与×××离婚并划清革命界线”；我养娘家隔壁的阿蓉姐姐组织红卫兵成立了“毛泽东思想宣传队”，每晚领着一群男女同学，舞动着红旗，在镇上各处活动，他们常常吵得人家鸡犬不宁。从各单位搜罗来的一伙“牛鬼蛇神”都被集中起来，拉到供销社下属某仓库里举办“学习班”，开展“斗私批修”活动。

镇上这些事都发生在李主任消失之后，接李主任班的新治保主任是谁，我压根没印象，也没必要去关心他。

河沙鬼

我从没邂逅过鬼，镇上的小伙伴也没有，所以我不知道鬼长啥模样，即便后来看了《西游记》中形形色色的妖魔鬼怪，我也觉得与想象中的鬼相差甚远。至于《聊斋》中的男鬼、女鬼，仅是人们的幻影和梦境罢了，都不算严格意义上的鬼。我认为鬼在长相上应该是恐怖和丑陋到极点，是无法用语言描述的那种；它本质上是以残害人的生命为目的，比如，先把人吓昏或吓死，然后再慢慢地吞噬人的肉体。这鬼太强大，似乎人类无法用武力或其他手段战胜它们。

那时在我的小镇，人们都在沸沸扬扬谈论一种叫河沙鬼的水鬼。

顾名思义，这河沙鬼生活在江河湖泊，离不开河水的依托，就好比古希腊神话中的安泰，只要身不离地，便可源源不断从大地母亲身上汲取力量，从而击败任何强大的对手。这河沙鬼也如此，只要身不离水，便会产生巨大的不可遏止的力量，战胜水下的任何对手，比如处在水中的人类。

河沙鬼的力量有多大？镇上的史老先生咳了一口痰后，摇着蒲扇告诉大家，有 1.5 吨大。1.5 吨啥概念？他慢悠悠地解释说，相当于 20 多个成年人，或 40 多个小孩累积的重量。这个类比，让大家瞬间明白，河沙鬼在水里力大无穷，捉个人易如反掌，大家立马心惊胆战。史老先生还补充说，河沙鬼的力量与水的深度有关，水越深，力量越大；水越浅，力量就越小。

在我们小镇——那条深不可测的剡江里，究竟隐藏着多少河沙鬼呢，我们一边漫无边际地猜想，一边浑身泛起鸡皮疙瘩。大家缠着史老先生，许久不肯离去，都想从他身上找到应对之策。

在对待河沙鬼问题上，镇上的大人们似乎很淡定，而小孩们则处处表现出紧张与不安，他们多方刺探河沙鬼的情报，时时搜听河沙鬼的新闻。每晚乘凉时，只要谁眉飞色舞讲起河沙鬼故事，谁面前就人头攒动。那位传说中被他养娘从麦田里捡来的胡秋平，讲得最起劲，据说他零距离接触过河沙鬼。

那是一个闷热的中午，从不睡午觉的胡秋平在野外游荡，他无意中发现，剡江一条支流的彼岸种着大片诱人的西红柿，胡秋平看着嘴馋，便一个猛子扎下水，才游到一半，只见一道黑影在水下倏地划过，水面上随即有强烈的漩涡产生，胡秋平感到有一股蛮力缚住了他的双腿，情急之中，他边使劲甩腿，边大声哭嚎，最后是失魂落魄游上了岸。

这次事件后，胡秋平的精神萎靡了几天，待元气恢复后，他便像是凯旋的勇士，到处向人炫耀自己的惊险历程——尽管谁也没看见过。

胡秋平描述河沙鬼像一头黑猫，长着一副凶残的脸，眼珠在水下射出幽幽绿光。这个描述尽管有添油加醋的成分，但镇上的孩子们深信不疑，毕竟人家有死里逃生的经历，话语的权威性不可动摇。不久，有人跳出来反驳胡秋平，说河沙鬼长得像水獭，野生的水獭都是河沙鬼的化身。说这话的是陆军（绰号陆连长），陆连长说他外公当年躲在剡江的芦苇荡里，战战兢兢地目睹一对“水獭”在河滩上亲昵。接着又有小伙伴宣称，他奶奶看见河沙鬼像一只落水的黑鸡，披头散发的。

版本一多，认识容易犯糊涂。不过我相信水獭版，我认定河沙鬼长得像水獭，以后去江河游泳须擦亮眼睛，随时提防这种模样的动物出现。

镇上大多数人惧怕河沙鬼，但也有人不怕此鬼物，此人叫高俊杰。高俊杰被公认为小镇第一美男，长得英俊白净，风流倜傥。他扮演过李玉和、杨子荣、郭建光、洪常青等样板戏里不计其数的英雄人物。作为小镇革命舞台的大明星，他演过的角色，倘若别人再去演，要么索然寡味，要么黯然失色。我没统计过，那些年，镇上究竟有多少姑娘在暗恋他，究竟有多少小孩子在仰慕他。

高俊杰不但在舞台上正气凛然地“驱鬼杀敌”，而且在舞台下也一本正经告诫人们，不要害怕河沙鬼，你越害怕它，你就不能活，它就要跑过来把你吃掉。这番话后来知道是毛主席老人家说过的，高俊杰只是稍改了两个字。为此，史老先生等人表面不说，背地里却对高俊杰颇有微词，说他拿腔作势糊弄人。不管怎样，我们认为，镇上只有高俊杰有胆魄和资本敢与河沙鬼叫板，我们心中真正的打鬼英雄非高俊杰莫属，胡秋平和陆连长们算什么，顶多是纸上谈兵的赵括之类的人。

在河道纵横的小镇里，孩子们几乎全是游泳好手。尽管水里有河沙鬼，但遇到的概率极低，所以这丝毫不会打击大家去河里游泳的积极性，也无法消减大家去剡江里搏击潮水的雄心壮志。

有一天，史老先生在史书里发现了一个惊天秘密，说河沙鬼害怕红色，在红色面前，它会精神崩溃，不堪一击。此消息一传十，十传百，结果是，大家把游泳裤都换成了红色，谁也不敢再穿其他颜色的游泳裤。夏天，剡江上挤满了穿红短裤的孩子，像一条条红斑鱼，把水面搅得天翻地覆。那些水性好的孩子，犹如脚踏风火轮的哪吒，翻江倒海，无所畏惧。红短裤仿佛是一道万能的“护身符”，穿上它，在波涛滚滚的江面上，不管游到多远，潜到多深，总能平安归来。所有穿红短裤的孩子们在水里信心满怀，他们相信河沙鬼看到自己，便会惊慌失措，然后逃之夭夭。

然而即便如此，剡江上仍隔三差五死人。镇上的人断定他们无一例外是死在河沙鬼手里，因为死者没有一个穿红短裤。河沙鬼在水下已蛰伏多时了，它们就像非洲沼泽地里凶残的鳄鱼，千般安静，万般耐心，等待不穿红裤子的猎物们自投罗网。

船老大阿三之死，替河沙鬼的存在提供了确凿的证据。阿三从小练就一身好水性，长年在剡江上撑船装货，对河道水路了如指掌，而且阿三人缘好，力气大，肯吃苦，是江上生意最红火的船老大。阿三平时酷爱京剧样板戏，空闲时喜欢在船上吊吊嗓子。小镇上每逢有高俊杰演出，阿三必定风雨无阻，次次赶到捧场。作为高俊杰的铁杆粉丝，阿三自然把高俊杰骂鬼的话句句铭记于心，并作为忠实的传声筒，一板一眼向大家认真传播。

那天很晚了，阿三仍挥汗如雨地挖着河沙。那些年市场上河沙价格卖得高，航运站下属沙场的负责人催得紧，阿三日夜没得空闲。这挖沙分明是在河沙鬼身上动土，明摆着是得罪了河沙鬼，因为凭阿三的水性，轻易淹不死；凭阿三的人品，没人会使下三烂手段。大家都笃信阿三是被水下的河沙鬼拖走的。

阿三的尸体打捞上来后，患有严重腿疾的阿三老婆哭得撕心裂肺，四个幼小的儿女惊恐得面如土色。这一家的顶梁柱就这样垮塌了，今后的日子无法过下去了。出丧那天，高俊杰也闻讯而来。迄今为止，镇上对革命样板戏的热爱程度，除了阿三，恐怕没人抵得上。高俊杰被阿三的精神深深感动。一位大明星去参加一位小人物的丧事，一时成为小镇美谈。高俊杰形象更加高大，高俊杰粉丝群再次扩充。

阿三死后，剡江里的河沙鬼照样猖獗，河沙鬼的新闻依旧出现。比如公社周文书的儿子周永大，就不幸被河沙鬼缠住。在火辣辣的中午，永大总喜欢带着三个弟弟，去剡江边摸螺蛳。兄弟人多，摸来的螺蛳吃不完，就去街上卖，换得不少零钱。永大家本来书包多，负担重，现在有这额外收入，爹娘自然是喜上眉梢，对这件事抱鼓励态度。有道是，常在河边走，哪有不湿鞋。换句话说，常在河边摸螺蛳，哪有不中河沙鬼埋伏的。永大凭借个子高、胆子大，在深水区冲锋陷阵，他摸上来的螺蛳又肥又大。老二永跃、老三永进、老四永强分别按年龄，在江里的不同深浅区域摸索。永大是在第四个猛子扎下去时不见的，甚至没有发出任何异样的叫喊声。

三兄弟呼天抢地喊大哥，可大哥再也不会浮上来了。永大死后，剡江边摸螺蛳的人骤然减少，大家都心有余悸，多数人为永大没穿红短裤而扼腕叹息。

进入冬季，河沙鬼暂时销声匿迹了，镇上的日子过得波澜不惊，街头巷尾的话题也显得陈旧乏味。只有史老先生见缝插针给大家科普河沙鬼知识，诸如河沙鬼的皮毛价值连城啦，河沙鬼喜欢吃乌鲤鱼啦，还有什么“一鬼死亡，百鬼俱伤”（喻示河沙鬼有超强的家族意识）啦。说着说着，一个宏大而冒险的计划，在小镇人的心里悄悄萌芽，继而发酵，膨胀……

对啊，我们应该去捉头河沙鬼，既能对它们杀一儆百，又能发个大财，更能成为令人羡慕的捉鬼英雄。可到浩荡的剡江里去捉鬼，无疑是大海捞针，抑或是以卵击石。史老先生说过，水越浅，河沙鬼的力量就越小。如果水深不足半人，河沙鬼的力量等于强弩之末。所以必须设法诱骗河沙鬼到浅水区，然后来个瓮中捉鳖。

好不容易等到夏天，镇上的好事者们哼哧哼哧扛来一大堆粗大的渔网，他们把江边河滩上最大的一片芦苇荡团团围起来，面朝宽阔的江面，留了一处缺口。随后又组织了一群思想觉悟高的大妈们，每天轮流守望缺口。半个月后的早晨，大雨滂沱，一只毛茸茸的黑色怪物鬼鬼祟祟钻进了缺口。机不可失！值班的大胖阿姨跌跌撞撞跑来报告，说河沙鬼已进入包围圈，请大家准备战斗。霎时，百来号人穿上雨衣，拿起锄头、铁耙、棍棒、柴刀、菜刀……跑步来到江边，把芦苇荡围得水泄不通。一场声势浩大的围歼战打响了，人们的喊杀声、击水声不绝于耳，整个芦苇荡被搞得鸡犬不宁。

这个时候，河沙鬼纵有天大本事，也插翅难飞了。人们在雨中挥舞着双手，极度兴奋，热切等待河沙鬼束手就擒，见证这万分激动的时刻。

他们在齐腰深的芦苇荡里来来回回践踏着，搜寻着，不放过任何一处蛛丝马迹。大半天过去了，芦苇荡一片狼藉，河沙鬼仍不见踪影，大伙累得筋疲力尽。这河沙鬼难道人间蒸发了，大妈们说啥也不信，分明看见这黑家伙闯进去了嘛。

捕捉河沙鬼战役最终以失败告终，镇上的人们无比沮丧。

这个时候，胡秋平和陆连长显得异常活跃，他俩被小伙伴们热捧为研究河沙鬼问题的专家。围绕河沙鬼，他们俩总是提供完全相反的版本，大家一边听他们毛骨悚然的讲述，一边又看他们面红耳赤的争论。

立秋过后，天气渐渐转凉，江里游泳的人一天天少起来。有天傍晚，我放学回家，发现老街上的人神色凝重，都在窃窃私语。过去一打听，原来镇上出大事了——高俊杰已经失踪三天。人们到处在搜寻他，县里的公安局也出动了警犬。那几天，我的心一直咚咚咚乱跳，恍惚不定，感觉小镇在遭遇一场史无前例的劫难。

两天后，在剡江大拐弯处的芦苇荡里，警犬终于发现了高俊杰的尸体。尸体捞起时，岸上围观的人里三层外三层。我从人缝里隐约看到了高俊杰，上身穿着他最喜欢的军装，胸前别着他最喜欢的领袖像章，尸体脸部高度肿胀，根本难以辨认。眼前的高俊杰与平日里那个身材高挑、面孔俊朗、表情生动的大明星无法划等号，再也见不到舞台上叱咤风云的“英雄”形象了，我感到震惊和痛惜。

高俊杰死因众说纷纭，有人说他是被人妒才而推下剡江的，有人说他是遭政治迫害而跳江的，有人说他是男女恋情受挫而自杀的，也有人说是在江边洗手时被河沙鬼拉下水的……总之，公社和大队干部谁也说不清真实死因，县公安局民警也束手无策。只有史老先生倚在光德桥栏杆上，用忧愤的口气解释——冤孽太深，矫枉过正，被大群河沙鬼加害了。镇上的孩子们也无法接受这个事实，这样春风得意的人，这样气场强大的人，是万万不会被河沙鬼加害的。

高俊杰之死，让小镇的人们无限悲伤，也让小镇文宣队力量遭受重创，革命样板戏演出黯然失色。

河沙鬼的滔天罪行已经罄竹难书，人们绞尽脑汁想出种种捉拿的办法，但大都停留在空洞的幻想里。例如，将流经小镇的剡江两头截流，中间用几百台大型抽水机把水抽干，让江底的河沙鬼原形毕露，无路可走。或者用天罗地网撒向剡江，像捉鱼一般，把河沙鬼一网打尽。到那时，河沙鬼长啥模样，一定会真相大白，胡秋平和陆连长再也不用费尽口舌，喋喋不休争输赢了。

小镇的人们做梦都想一睹河沙鬼的尊容。

正当人们踏破铁鞋无觅处时，一天傍晚，我们真的见到了河沙鬼。

那天晚饭后，我们按学校要求，照例排着队伍，一路高喊革命口号。我们这一队共有十几个人，一天喊两次口号，都是喊阶级斗争内容的。那时，学校从不留书面作业，教材没要求，老师也不敢留，怕挨批。用喊口号这样有趣的政治活动，来取代枯燥的家庭作业，大家心里非常情愿。那些日子，原先平静的小镇，被我们的口号声搅得十分热闹，似乎镇上到处是暗流涌动，到处潜伏着阶级敌人，

当队伍走街串巷，一路呼喊，来到江堤上时，众人都累了，嗓门也低了，像是一群有口无声的小和尚。突然，陆连长高声喊叫——河沙

鬼！大家“唰”地一下，立马从疲乏状态进入紧急戒备状态。顺着陆连长手指的方向——河对岸，退潮后黑亮的滩涂上，一只黑色的大鸟状动物纹丝不动地蹲伏着，在苍凉的剡江边，显得无比突兀。

我们无法判断此河沙鬼是否杀害过阿四、永大，或者高俊杰。

这个时辰，夕阳已经下沉，潮水快速退去，大片湿润的泥涂裸露出来，江面上升起淡淡的雾霭。江风从芦苇丛里穿出来，在空荡荡的滩涂上东冲西撞。远方有一艘夜航船踽踽独行，眨眼消失在东北方。

江堤上，十几个人早已血脉偾张，一起铆足劲高喊：“河沙鬼、河沙鬼、河沙鬼……”人多嗓门响，喊声似一发发威猛的炮弹，嗖嗖嗖射向对岸那该死的河沙鬼。河沙鬼面无表情地注视着这群癫狂的孩子，一对发蓝的眼珠闪着镇定的光芒。胡秋平捡起石块，用吃奶的力气扔过去，但江面太宽，只能勉强扔到江中心。陆连长在一旁咬牙切齿，突然从口里蹦出一个“打倒”的词语，这是我们每天喊的口号里一个常用动词，喊出来特别过瘾，“四类分子”要打倒，这害人的河沙鬼更要打倒。“打倒河沙鬼！……”这会儿愤怒的喊声惊天动地，震撼剡江两岸。

我们猜想河沙鬼应该像镇上的“四类分子”一样，听到我们的口号声，会吓得瑟瑟发抖，然后不停地求饶忏悔。喊了一阵子，大家又搜出千奇百怪的词汇，大声咒骂着河沙鬼，企图用各种手段持续恫吓它。可是，河沙鬼依旧无动于衷，而且它的神情尤加放松，仿佛对岸这群孩子的疯狂举动，与它毫不相干。

月光如水，夜幕完全降临，风在树梢间簌簌作响，四野里传来此起彼伏的虫鸣声。大家没有耐心再折腾下去了，准备打道回府，因为再拖延下去，恐怕自己先要被各自的爹妈骂死。

第二天大清早，我们再去那里看时，河沙鬼蹲过的那个位置早已被潮水吞没，哪里还找得到河沙鬼的影子。如果昨晚手头有杆猎枪，或者有把弓箭，情形就大不一样，我们绝不会让河沙鬼逃过一劫的。

多年后，我还记得那晚的情景。我思量着河沙鬼是何时离开的，我甚至痴心妄想过，经过密集的语言侮辱和轮番的精神摧残，那河沙鬼半夜里也许已经发疯，或者忧郁而死了。

父亲在“五七干校”

许多人选择把某段历史深藏，不去回想，宁愿遗忘，也无意让后代知道。比如我母亲，她对父亲在“五七干校”的经历就从不提及，这让我无法从容而完整地叙写那段往事。

1971年夏天早上，镇上车站，天闷热得像蒸笼，母亲与我躲在一棵柳树下等车，每一片柳叶上粘满褐色的尘土，一只知了却藏在脏兮兮的柳梢上，正声嘶力竭地叫嚷着。我们要去尚桥探望“五七干校”的父亲，尚桥有多远，年幼的我肯定不知道，反正我们从镇上出发，先坐车到县城，再步行很长很长一段路。

车站边上有三条马路，一条通宁波，一条通县城，还有一条通溪口，这三条路呈三角形，恰好把镇上的车站围在里面。虽是停靠站，却又是枢纽站，过往的班车隔三差五驶来。等客车来是一件非常激动的事，何况是第一次去传说中的“五七干校”见父亲。由于兴奋，导致紧张，因紧张，我一次次跑到半人高的尿槽边，艰难地踮起脚尖……

县城车站地处今天南山路与惠政路交叉口的西北位置，出入口两侧栽着修剪齐整的冬青树，像在夹道欢迎每一辆进出的班车。出站往东，要跨过一段比机耕路宽两倍的沙石路（今天的惠政西路步行街），路两边种着金黄的水稻。到新落成不久的工农兵电影院门口，便进入了仰慕已久的大桥街。那会儿，街两边墙上贴满了花花色色的大字报，很吸引人眼球。一队食品厂工人举着纸旗，喊着政治口号，浩浩荡荡地游行过来。我站在路边，正好奇地打量着这些穿灰色背带裤的工人，母亲一把抓过我的手臂，快速离开那里。

出大桥街，向东，沿碎石马路，过舒家。继续向东，走西坞方向，前方仍然望不到头。到王家汇村时，道路忽然往南折，一条黄色大道直通前方烟尘弥漫的尚桥。时近正午，太阳越来越毒辣，我又累又渴，几乎迈不动脚步，母亲在前面心急火燎地催，说父亲也许在路口等急了。

我许久没见父亲了。几年前，这位抗美援朝的老兵，被扣上“大特务”、“反革命”帽子后，一直处于被批斗状态。父亲这副军人的腰板，自从遭受一次次屈辱的打击后，变得不再挺拔。后来，父亲进了尚桥“五七干校”，我在养娘家就很少知道父亲的事了，大人们也轻易不肯说，母亲更是守口如瓶。

我记不清是怎么走完这段漫长路程的，见到父亲的一刹那，我完全忘却了疲劳。那年他才四十四岁，比我想象中要苍老，岁月已无情地磨蚀了他曾经英俊的外表，我不禁唏嘘。

那时，尚桥茶场刚组建，四周还没有开辟出广袤的茶园。“五七干校”宿舍的几排矮平房被一片密密匝匝的梨树林环绕着，每一株梨树上都挂满黄澄澄的大梨头。

那个溽热的夜晚，月光如水，我们在父亲宿舍门口纳凉，一条小溪贴着墙根婉转地流过来，细腻的水声似梦呓一般；对面是黑魆魆的大山，显得宁静而神秘。桌上堆满蜜甜的黄花梨，我们吃得汁水四溢。父亲摇着蒲扇，给我们讲怎样种梨头的事情，讲各种奇闻趣事。他还说这山上藏有老虎，有人看到过。我立马感到惊悚，心里替干校的人捏把汗。然而父亲很淡定，丝毫没有惧怕的神色，似乎他们有对付老虎的绝好办法。从此，尚桥山上有老虎的惊险传说长久铭刻在我脑海里。

那晚，父亲将“五七干校”的美好和诗意全呈现给我们，却将无数个白天里劳动的艰辛和政治斗争的残酷都默默地隐忍了。

我那时压根不理解“五七干校”是啥学校，许多年后才知道，“五七干校”得名于毛主席的“五七指示”，也就是他在1966年5月7日审阅中国人民解放军总后勤部《关于进一步搞好部队农副业生产报告》后写给林彪的信。1968年5月7日，“五七指示”发表两周年时，黑龙江柳河第一所“五七干校”诞生，随之，全国闻风而动，成千上万的党政干部、学者专家、文艺工作者被下放到各地的“五七干校”。

当时的奉化县革委会即把尚桥茶场作为“五七干校”校址，组织各地250多名干部赴干校，边劳动，边搞“斗、批、改”。奉化近年编的党史资料很简略，仅记载这么几句：“五七干校”由一名“毛泽东思想战斗队”成员负责，机关干部被组成“战斗队”，在一个大房间用稻草搭地铺睡觉，半天学习毛主席著作，半天劳动。同时，监管被打倒的县领导张照田、王以丰等人去放牛。干校经常召开批判会、答辩会，业余时间主要学唱样板戏和革命歌曲。

这些简单粗疏的记录，显然无法还原当时的真实场景。其实，茶场和“五七干校”虽在同一处，却分属两个不同的区域，茶场在东，干校在西，彼此以一条道路和一片竹林为界线。

茶场86岁的陈老伯耳闻目睹当年的干校情况，他说，来干校进行“思想改造”的干部，白天都参加繁重的体力劳动，有制砖拉坯的，有砌墙造房的，有植瓜果蔬菜的，有种稻麦粮食的……总之，什么样的劳动内容都有。每到下雨天和晚上，就是无休止地学习，学什么？学毛主席著作。报纸不能自己阅读，要坐在一起念。干校“再造新人”的主要手段，是开展政治运动。劳动虽艰苦，但和政治运动比较起来，都是陪衬了。来干校的人多多少少有些问题，必须坦白交代，必须互相检举。有的人不愿检举别人，想做老好人，也被严肃批判。干校始终是在“批判斗争的气氛中”度过的。

陈老伯记忆力惊人，谈吐自如，如今仍住在当年茶场的老房子。他告诉我，干校建立初期，气氛相当压抑，有的人禁受不住政治高压，上吊自杀了；有的人身心长时期被摧残，精神失常；有的人患重病了，也不准回家见亲人。当时来干校“改造”的南下干部可不少。但一年后，情况有所改观，根据各人实际，有的允许定期回家，有的半年或一年回一次家。

我猜测我父亲属于前一类人，允许定期回家，大概是两星期一次。每逢父亲回家的那个周末，我们总会按捺不住跑到镇上的马路边，伸着脖子，往县城方向张望，看父亲风尘仆仆骑着那辆引以为傲的 28 寸“凤凰”，从遥远的尚桥“五七干校”归来。只要父亲回家的时刻，家里桌上的饭菜就会变得丰盛，母亲可怕的责骂声就会收敛，而且她会面带笑容，说话语调也和气很多。

父亲在家的这两天，是我们家在那个特殊年代里最幸福的时刻。

尚桥在“五七干校”后期，政治环境逐渐宽松，因为那时还没有政府的招待所，那里自然成了县里的学习培训基地，县里的三级干部会议、妇女主任会议、团支部书记会议等，都放在“五七干校”，放在这干部劳动和学习的第一线。干校的操场还隔三差五放映 16 毫米电影，让茶场和尚桥村周边的老百姓也享受这极其高雅的文化大餐。

干校的性质和任务在不知不觉演变。

1972 年后，“五七干校”被撤销，改为奉化“五七”工农兵学校，父亲留下来担任一名普通教师，学校从尚桥迁往尚田。后来，又改名为奉化“五七”大学，不久，迁移到了县城的后方村那个位置。再后来，改为奉化师范学校。

1978 年，经历极左年代磨难的父亲迎来了人生的春天，组织上为他彻底平反，落实政策，恢复党籍和职务。

2017 年春，近半个世纪后，我再度来到这个曾经燃烧过“斗批改”激情的干校农场，寻找过往一代人当年留下的印记。那见证岁月沧桑的几排砖瓦平房依旧孤立着，但已空无一人，听说这里马上要拆迁了。屋旁那条幽静的小溪仍然在不知疲倦地流淌，而路两侧的法国梧桐胸径比从前更壮硕。南面的山地，现在有一条通往南方的高铁潇洒地穿越而过，旁边是一座造型优雅的火车站，以及连接火车站的一条平滑流畅的柏油路。

再南面是那座传说中有老虎的雨施山峰，唯独它青春不老。

第五辑　期待

牛客人

油菜花开了，牛客人要来了。

春天时，南街头一大溜矮房子前全是浩荡的花海，风拂过来，屋顶和外墙上薄薄地撒上了一层花粉。蝴蝶们扇着翅膀漫天飞舞，蜜蜂们沉浸于这场盛大的花宴中，成群的麻雀在辽阔的花丛里嬉闹尖叫；而田埂上的野花开得缤纷迷离，沟渠里的水也晶亮透澈，油菜地里鲜嫩的牛毛草见缝插针——这可是让牛垂涎欲滴的上等草料。家家打开了房门，让花香涌进来，让金色的光芒瞬间涂满屋子。

太阳偏西时，左邻右舍的农户们显得心神不定，他们站在门口一遍遍地朝南看，看一遍，再看一遍。有的按捺不住，跑到马路边，直着脖子继续看——花海的尽头，第一批牵着牛的客人应该来了。

南街头毗邻小镇耕牛市场，地理位置特别优越。每年春天，牛客人们从天台、黄岩启程，跋涉三百多里地，在牛市前几天，抵达我们小镇，入住南街头农户家。那时，我对他们惊人的行走能力感到匪夷所思，他们犹如当年赴西天取经的唐玄奘，一路上走不死，累不垮。但匪夷所思的还有，牛客人全都牵着牛（而不是骑着）走来，这么多头牛至少可以轮番骑呀。经历了舟车劳顿、人困牛乏之后，南街头成为他们养精蓄锐的理想之地。那些耕牛犹如准备出嫁的闺女，在这里被精心饲养，慢慢调理，几天后会变得容光焕发，能让买家一见钟情。

油菜花开前，南街头的农户们早早忙碌起来，他们把自家的草间或猪棚腾空，修墙补洞，改造成一间间宽敞的牛厩，像农家乐的客房那般整齐干净。那些“客房”虚位以待后，农户们开始掐算日子，盼着牛客人早早到来，盼着一头头耕牛被牵进自家牛厩的喜人场景，尤其盼着那一笔笔当场就能兑现的可观的租金。

马路远方，扬起一阵又一阵的烟尘，牛客人小小的影子出现了，一点一点的，这影子渐渐大起来。农户们开始欢呼雀跃，奔走相告……一拨又一拨的牛客人风尘仆仆赶来了，他们的衣衫全部湿透，脸上的汗水仿佛一条条四处游动的水蛇。他们像是见到了久别的亲人，个个满面春风，毫无倦态。牛客人停下步子后，耕牛们也跟着停下来，瞪着圆溜溜的眼睛，懵然地打量着众人，一边吐着白沫，喘着粗气，一边用结实的蹄子哒哒哒地敲打路面，逐渐安静下来。

“哎——上我家吧！牛厩新盖的呢。”阿比傻子抢先大嚷起来。

“这不是老庞头吗？往哪走？老主顾。”华良娘眼疾手快，一把拽住老庞的衣角。

“这位客人，新来的吧？去我家，包您称心如意。”阿海癞头相中一矮个牛客人，死缠硬磨，好说歹说。

“放心好了，我们家各种牛饲料应有尽有，小孩割草随叫随到。”阿叶婆婆挤在人堆里，涨红着脸，信誓旦旦地表态。

……

马路边，农户们七嘴八舌地向牛客人招徕生意。牛客人们全都竖着耳朵，听他们喋喋不休地介绍，然后货比三家做选择。在牛客人和牛的住宿问题上，牛是主角，人是配角，而配角必须服务于主角，精心照料主角，在牛客人眼里，这是天经地义的。只要能让牛吃饱睡足，它的皮毛就会滋润发亮，浑身充满旺盛的能量，从而精神饱满进入牛市场，那牛的身价自然像蓄势待发的股票“噌噌噌”往上蹿。

牛客人进入南街头后，立马察看住宿环境，敲定入住东家，预付全部房租。天台人老庞算得上是资深牛客人了，几乎年年住在华良家，华良家的牛厩比别家舒适，租金也不贵，老庞很是满意。每年，老庞总会捎些天台土特产给华良家，一来二去，感情日趋深厚，情谊牢不可破。

安顿完毕，天已黑下来，牛也饿得发慌，部分牛客人们四处寻找青草料，而大多数牛客人按兵不动，他们淡定地坐着，一边吱吱地抽着纸烟，一边坐等割青草的孩子上门。谁都明白，牛跟人一样面临饥饿的时刻，需要雪中送炭，这是售卖青草的最佳时刻。一眨眼，各家的孩子提着满土箕的牛毛青草，乘着夜幕，陆续钻进一间间牛厩中。这些牛毛草都是傍晚时分割的，很新鲜，黑夜里无法去田野里割。除非是匆匆晚到的牛客人，因当日上等的新鲜草料已被先到的牛客人收购完，只好怂恿孩子们摸黑去地里拔草子（紫云英）。拔草子属于不劳而获，而且牛如果吃草子过多，容易发生“草胀”，所以草子的卖价特别便宜，一般一毛钱才二十斤。

我们兄弟俩早已是老庞的老主顾，尽管老庞身上有股浓重的牛腥臭，在他面前得捂着鼻子。在昏暗的油灯下，老庞的几头黄牛朦朦胧胧地卧在角落，明明没吃草料，嘴巴却在一刻不停地嚼动（很久以后，我从书上学到这叫“反刍”）。当满满两土箕鲜嫩的牛毛青草摆在老庞面前时，老庞和他的黄牛们高兴得两眼发光，黄牛们不约而同地站立起来。老庞十分认真地过了秤，一角钱五斤，两土箕共二十斤，兄弟俩共卖了四角钱。老庞在脏兮兮的背包里摸索了一阵子，然后抽出几张崭新的角票，我们也顾不得老庞身上的臭味了，接过钱后，用鼻子闻了下，还好不怎么臭，连忙喜滋滋地装进口袋。

大伙事先都了解行情，这牛毛草的价格，过了这村就没那店，明日只能卖一角钱十斤了。因为明天割草的孩子更多，会供大于求，这市场价自然回落。

那年头老师从不留家庭作业，放学后，农民户家孩子忙着为自家割猪草，烧饭；居民户家孩子忙于为自家捡柴，抬水。而南街头的所有孩子却能割牛草卖钱，找到生财之道，全依仗邻近的牛场和租住的牛客人。那些天，每当放学的铃声响起，我们便像一匹匹脱缰的野马，“嗖嗖嗖”窜出校门，跑向广袤的田野。

我家的黑狗那时处于生气勃勃的青年期，一路跳跃撒欢，还会不停地帮我们忙，每当发现前方牛毛草茂盛，便“汪汪汪”操起响亮的嗓门，引领我们前去。在一望无际的油菜地里，它步步不离地护卫着我们，从不会迷路。

南街头前的上百亩油菜地，隶属于第四生产队，这个生产队的农民剽悍、粗野，我们背地里都喊他们为“土匪”，尤其南街头的鸡的主人们对他们恨之入骨。因为每年稻熟季节，几乎家家都有大量的鸡惨死在他们凶狠的棍棒下。他们说，鸡没有头脑偷吃谷子，难道鸡主人们也没头脑？所以他们打着保卫集体粮食的旗号，随心所欲地采取暴力行动。每当集体“扫荡”之后，四队的“土匪”们人人扛着把长柄锄头，上面高高挑着许多只捕获的家鸡，神气活现地穿过小镇的老街，跨过光德老桥，来到后街的晒场前，把这些半死不活的鸡噼里啪啦丢在水泥晒场上，等待敢怒不敢言的南街头人前来认领和罚款。

自从来牛客人后，南街头人与四队农民的关系再度恶化。由于牛爱吃长在油菜地里的青草，割草的孩子便往油菜地里钻，这很可能会碰落大片花蕊，从而影响油菜籽产量。所以四队的农民要打另一场保卫战——捍卫集体的菜籽油，设法阻止和捕捉割牛草的孩子，尽管他们对远方来的牛客人从不怪罪。

那时田里的每株油菜都长得高大挺拔，小孩子进入油菜地，仿佛藏身于茂密无际的森林，在这片金色迷幻的世界里，大人们在里面轻易找不到他们的身影。

然而，眼下去油菜地割牛草，突然变成了一件十分危险的事情，这危险涉及被四队的农民抓住，轻者踩扁土箕，重者通知父母，通知老师，还得罚款。我们不得不调整战略，像老鼠躲猫一样，由公开转入隐蔽状态。物以稀为贵，这个时候，牛毛草的价格已飙升到一角钱五斤了，这个心跳价诱使孩子们去冒更大的风险。

四队的农民们在分析形势，研究对策后，派出了出身最穷、觉悟最高、思想最好的骆阿根，每天专职负责田头巡逻。骆阿根苦大仇深，祖上三代都是贫下中农，也是小镇贫管会成员，每年来镇小学给各年级段同学忆苦思甜，故事讲到高潮处，同学们十有八九会泪流满面。他的苦难故事后来还被改编成一台台小戏，搬上了学校和公社的文艺舞台。我们心目中，早把阿根叔当作英雄人物了，可他现在却成了捉拿我们的“敌人”，我们心里有点忐忑不安。

由于“输送链”出问题，新鲜牛毛草无法足量供应，耕牛的喂养达不到营养要求，形势就变得紧迫，牛客人们也怨声载道，阿根叔也间接成了牛客人们的“敌人”。但牛客人们毕竟是闯惯了江湖，见多识广，不会轻易去做出头椽子，他们悄悄向我们传授计策——如何对付巡查的阿根叔，比如，趁其中午回家吃饭时间去割草、采用声东击西办法割草、采用打一枪换一个地方割草、采用双人合作办法割草、往四队鞭长莫及的边远区域割草……这些办法还挺管用，我们基本上都沿用成功了。

牛客人们又源源不断获得了牛毛青草，耕牛们嚼着鲜嫩的草料，甩着有力的长尾巴，悠闲而满足，营养跟上去了，一夜间又显得神采奕奕了。

一段时间后，我们口袋里的零用钱也越攒越多，好多人摇身一变成了“小土豪”。在小镇的老街上，我们买下书店里所有新出版的连环画；买了平时不敢买的精美又高档的文具；我们还敢买镇上水果店昂贵的大苹果，每斤三角七分，那是我有生以来吃过的最香甜的水果。记得苹果吃完后，手上沾着的余香，久久不舍得洗掉。

用现在话讲，我们那时为拉动小镇的GDP作出了重要贡献，而牛客人就是其中关键的引擎器，他们的到来，不同程度上繁荣了小镇的经济。就这样，我们在精神上和物质上享受着劳动带来的快乐和幸福。

眼看割草孩子的行动渐成规模，阿根叔每天的巡查却收效甚微。四队队长也很恼火，紧急召集队里的骨干再度商量，研究制定对付孩子的有效办法。他们先是加强了巡查力量，给阿根叔配备两名得力助手，分别扼守南街头通往油菜地的两大路口，以便切断割草孩子的进退路径；接着他们采取了纵深驱赶、两面夹攻、四面包围的战略。这让阿根叔他们如虎添翼，战果显赫，许多孩子纷纷“落网”。

我们兄弟俩也没能幸免，那天终于被神兵天降的阿根叔缉获，满满两土箕牛草被他粗野地撒向空中，两只崭新的土箕被他的大脚狠狠地踩扁。接着他要带我们去四队的队间审问，那会儿，我家黑狗见此情景，怒睁圆眼，向阿根叔咆哮不止，企图唬住阿根叔，让我们摆脱困境。我们赖在地上死活不肯走，我急中生智，一边不停地认错道歉，一边向阿根叔表白说经常听他讲忆苦思甜的故事。

阿根叔那张枯干的瘦脸，由恼怒逐渐转为平静，口气也变得温和起来。几分钟后，奇迹发生了，他竟然网开一面，要求我们下不为例，然后放我们走了。兄弟俩几乎不敢相信眼前一幕。

小镇的牛场当时已号称“浙东第一牛场”——我长大后才知道，无论牛场的规模面积，还是耕牛交易数量，当数浙东第一。记忆中的小镇牛场，正门口是一条通往县城的大马路，车来人往，门楼正中嵌着一颗威严的红五星，色彩早漫漶不清；东面是供销社的养猪场，关押着上百头嗷嗷待宰的肥猪；南面是供销社的采购商店，收购各类废铜烂铁、草席、亚麻、蜂蜜、生牛皮、鸡鸭蛋、黄鳝泥鳅等；北面是公社农机厂，几百名社办企业工人在喧嚣的车间里埋头制造农机产品。牛场四周的青石墙已经发黑，上面爬满潮湿的青苔。

没有牛市的日子，牛场里找不到一堆牛粪，找不到一个牛客人，此地就成了镇上孩子们的乐园，里面堆积着大量黄色砖块和成捆的稻草，大家乐此不疲地在里头修“房子”，挖“地道”；有时爬过围墙，进入农机厂院子捡废铜烂铁卖。

而到了春天，这里就摇身变成蔚为壮观的耕牛交易市场，变成牛客人们的大考场，一年一度检阅他们的养牛水平和贩牛成果，他们在此博弈财运，期盼吉祥。

牛场为了扩大影响，搞活城乡经济，广泛吸引方圆几百里牛客人，特别是浙南地区的牛客人，隔三差五拉起横幅，举办“第 × 届耕牛交易大会”。记忆中，历届耕牛大会都盛况空前，买卖双方收获颇丰。这是我们小镇历史上举办的最大规模的经济活动，仅次于邻镇萧王庙和鄞江桥的庙会。

那时总感觉春天很短，短得像南街头每家门口的一截截矮墙，一纵身就跳过去了，美好的时光不经意间会走到末尾，油菜花会无可奈何地谢幕，牛毛草会渐渐开花老去，耕牛们的草料不再鲜嫩，而南方新来的牛客人也一天天减少，农户家的牛厩被一间间腾空出来。再没人去油菜地里冒险割草了，阿根叔们终于结束了每天在田头辛苦守望的日子。

第一次去春游

想起我的第一次春游，像品尝一坛陈年老酒，感觉是醇香扑鼻；又像观看一部经典的老电影，尽管重温无数遍，也不会让人厌倦。时光穿越到40多年前的镇上小学，让我再来深情触摸那段记忆深处的春游。

1975年的那个春天，如同过了预产期的胎儿，迟迟不肯从母体中分娩出来。三月份快到末端了，太阳终于从厚重的云团里挣脱出来，天一下子变得豁亮而暖和，人们纷纷脱掉笨拙的棉袄，像从牢笼里释放的小鸟，在旷野上开始自由地抖动着羽翼。

放学铃敲响前，各班的班主任都急匆匆地赶到教室，郑重地把门关上，喧闹的教室顿时变得鸦雀无声。班主任激动地向大家宣布明天去春游的消息，各间教室几乎同时发出狂呼。我们几乎不相信自己的耳朵，这是我们平生第一次去春游，而且是去遥远的宁波慈城，要坐船，天哪，还要坐火车，除了在电影里见过火车，我还从来没坐过火车呢。天晓得以前学校总是让我们去镇北的塔山，用扫墓来代替春游。塔山上埋葬的两位解放军烈士，他们的英雄事迹早已耳熟能详。老师说，现在我们是高年级了，符合出远门的条件了。尽管我们才十一二岁，但高年级这个称呼，足以让学弟学妹们羡慕妒忌了。这一刻，班上所有同学的脸上都绽放出灿烂的笑容，人人祈祷老天爷：明天千万不要下雨。

回家路上，我的心怦怦直跳，我发现周围的一切景物突然间变得可亲可爱了，我开始狂奔起来，想在第一时间把这天大的喜讯告诉母亲。跑上剡江老桥，陈旧的桥面板被我踩得咚咚直响，路上的行人都诧异地看着我。

眨眼间，我跑进了那条两百多米长的老街，在老街的中段，是名声显赫的镇上药店，药店临街的外墙上，设置着用木框围起来的大批判专栏，面积有几十平方米。这里每天张贴着标题醒目的大小字报，由镇上中学的师生定期刊出。那天，大批判专栏前又围满了人，新一期内容出来了。要是往日，我会在此待上一阵子，仔仔细细读完全部内容，从而了解大批判的最新动态。这时候，我根本没心思去顾及，我的心里装着宁波，想着火车，念着慈城，我使劲从人缝里挤过去。

跑过公社大门口时，我看见大门对面墙上也贴着批判谁的大标语，作为小镇的政治中心，公社贴出的标语就是政治风向标。我用眼睛飞快地扫了一眼，发现这次贴出的竟是张朝伟他爸，他可是出了名的大好人呀，我感到莫名其妙。城门失火，肯定要殃及池鱼吧，张朝伟是我无话不说的好朋友，我很替他捏把汗，担心明天春游他会去不成，他本来就是个自卑的孩子。

天蒙蒙亮，高年级段学生已在操场上整装待发。我找遍了人群，果然不见张朝伟的影子。这时，鼻子上架着酒瓶底厚眼镜的张校长，开始拿着一只铁皮喇叭，正一字一句地宣布着纪律事项。随着张校长“出发”的号令传来，全校力气最大的骆忠华早已按捺不住兴奋之情，哗啦啦擎起学校的大旗，一步跨出校门，后面的每班队伍紧紧跟上，浩浩荡荡向北开拔了。

别以为我们是去小镇车站坐汽车，那是不可能的事。那时候，学生们外出根本没有坐车这个概念，不管远近，基本靠两条双腿。想想红军两万五千里都走下来，我们才走几十里算什么。在通往宁波的公路上，每个人身上背着折叠起来的棉被和卷成圆筒的草席，斜挎着鼓鼓囊囊的黄绿色帆布书包和草绿色军用水壶。老师说，我们第一站先到横涨，然后坐船到宁波。从镇上到横涨大概有三十多里地，但对十一二岁的孩子来说，横涨是个很远很陌生的地方，而且那时的宁奉公路宽度仅是现在的一半，全是碎石子路面，汽车开过，尘土扬起，遮天蔽日。在这样的道路上徒步前行，这速度可想而知。

大约走出三里地，我们遇见学校的大寨田。远远望去，大寨田麦浪滚滚，麦子长势喜人。张校长提议队伍从田埂上绕过去，让同学们仔细观赏自己的劳动成果，大家纷纷对田里绿色的麦子行注目礼。说实话，那几年，学校的大寨田让同学们吃尽了苦，流尽了汗。这里原是一块贫瘠荒凉、高低不平、瓦砾遍地的坟滩地，前几年开垦时，一锄头下去常常会火星四冒。全校师生发扬战天斗地的精神，整整花了一个多月时间，蚂蚁啃骨头般，才把它改造成了水稻田。在那里开荒，记不清有多少人的手心被震破，疼得龇牙咧嘴；在那里割稻，记不清有多少根手指被割破，痛得泪眼婆娑；在那里插秧，记不清有多少双腿被蚂蝗叮咬，咬得鲜血淋淋；一桶桶粪便、一担担牛粪全凭我们嫩弱的肩膀，吃力地从几里外的学校抬过来。大寨田成为我们这代人艰苦劳动的代名词。

一路上，为了给大家鼓劲，各班老师发动大家唱起了《三大纪律八项注意》，雄壮有力的歌声在公路上此起彼伏，歌曲从队伍最前面接唱到最末尾，又从最末尾传唱到最前面，大家浑身似打了鸡血一般，行军的速度逐渐加快。远远望去，队伍最前面的红旗在春风里噼噼啪啪飘动。

两个多小时后，横涨到了。熙熙攘攘的横涨河码头，一艘汽轮船后面拖着六只木壳船，早早静候在那里。大家争先恐后地跳下去，在简陋的船凳上坐稳。不一会儿，只听“呜——”的一声长鸣，船头吐出缕缕黑烟，汽轮慢慢地驶离码头，岸上密密麻麻看热闹的人群渐渐远去。此刻，有张朝伟在身边该多好，我盯着快速向后流淌的河水，不无遗憾地想。

广袤的鄞西平原上，河道纵横，四通八达，我们的汽轮拖着一长串尾巴“哒哒哒”地往北进发。伴随着清脆的马达声，沐浴着煦暖的春风，同学们早已心旌荡漾。春天的田野，像一幅绚丽的山水长轴，沿途不断变幻着迷人的图画。

曲折延伸的河道两岸，是一望无际的碧绿的豆麦和金黄色的油菜花。成群的蜜蜂在花海里忙碌，斑斓的蝴蝶在漫天追逐，零散的牛羊悠闲地啃着嫩草。微风夹着豆花与菜花的清香迎面扑来，简直让人陶醉。船舷两边浪花飞溅，白色的泡沫飞快地向船尾跑去。此时此刻，天与地融为一体，人与自然心灵感应。大家兴奋得手舞足蹈，一路仰天吼叫，惊得一群群麻雀从油菜地里不停地飞起，呼啦啦冲向蓝天。

近中午时分，天边隐约露出大片楼房的轮廓，渐渐看到了城市的天际线，估计宁波要到了，同学们的心跳骤然加快。这时，河道渐渐宽阔起来，岸上有湖蓝色的大客车来回行驶，马路两边细长的柳枝吐着一串串毛茸茸的新绿，随风摇曳，婀娜多姿。船上的伙伴们开始骚动起来，大家一边津津有味地嚼着书包里装着的大饼和馒头，一边不停地往四下里张望，好奇地打量着这个梦想城市的真正模样。

记不清我们是在宁波哪个码头下船的，还有那条河流叫什么名字。依稀记得那码头跟宁波火车站很近，附近还有个很大的湖，湖边布满很多高大的柳树，并且那天晚上，我们住宿在镇明路小学。我推断，那条河就是今天南站附近长春路边上的北斗河，可以想象当年这里作为宁波的内河码头，是个热闹非凡的去处。

镇明路小学地处繁华的镇明路边上，面积比我们镇上的小学大好几倍，毕竟是大城市里的学校，里面整洁幽静，古朴雅致，我们对它充满敬意。传说城里的孩子个个皮肤白皙，眉清目秀，聪明伶俐，这让我们乡下孩子既羡慕又好奇。可惜那天就像粉丝盼明星，大家逛遍校园，始终没见到一位镇明小学的同学，也许我们要来，他们临时放假了，腾出位置给我们了。感动之余，也让我们有点失望。

走进教室，大家纷纷卸下背上的铺盖包和鼓囊的书包，合拢一张张课桌，在上面铺好草席棉被。下午活动的内容，先是聆听他们校长介绍，接着参观校园环境，后来又排着队逛热闹的镇明街，感觉犹如刘姥姥进大观园般新鲜好玩。夜幕降临后，我们感到更加兴奋，因为第一次集体过夜开始了，在偌大的教室里，大家横七竖八躺在一起，想着明天可以坐火车去慈城，心里甭提有多高兴。这一夜大家辗转反侧，迷糊中，我看见张朝伟孤独地坐在塔山山顶，面朝北方嘤嘤哭泣。

第二天清晨，天还没完全亮透，张校长的哨子声突然响起。对哨声已保持了一夜警惕的同学们，像弹簧似的，从被窝里一骨碌坐起，用最快的速度收拾完铺盖行李，然后上厕所，吃早饭，排队伍。这一连串动作是老师前一天布置好的，也在我们脑子里无数遍默念过。在晨雾弥漫的早晨，我们这支神秘的少年部队蹑手蹑脚向附近的火车站进发了。

那时的宁波火车站，基础设施简陋不起眼，月台一带又脏又黑，并且检票口距离火车停放处特别远。出于对即将要坐火车的兴奋与好奇，前面的人一出检票口，便开始快跑起来，并且越跑越快，等到后面的人跑起来，队伍早已溃不成军，老师们大喊也不管用了，谁都生怕被火车丢下。当我们跌跌撞撞找到去慈城的那节车厢时，早已累得上气不接下气。面对眼前的庞然大物，大伙是东瞅瞅西摸摸。火车头黑糊糊的，蒸汽机发出巨大的噪音，烧煤工正一刻不停往火红的炉膛里添煤。我们从车头后面的车厢门攀爬上去，发现每节车厢都拥挤不堪，很多旅客没有座位，只能站着，估计好多人是去慈城的，那里才几十里地，眨眼就到，所以有没有座位大家不在乎。

绿皮火车缓缓地启动，速度一点点地加快。由于是慢车，火车逢站必停，导致速度是出奇地慢，这正好符合我们的心理，让我们可以多享受一会坐火车的美好时刻。

一袋烟功夫，慈城到了，也就是此趟春游的终点到了。慈城的山坡上，埋葬着朱洪山等八位烈士的遗骨，这在宁波地区远近闻名。那时，每个地方都对本地牺牲的烈士引以为傲，烈士的名字与本地的知名度也牢牢结合在一起，学生春游必定要祭扫烈士墓。这种“春游 + 扫墓”的模式在 20 世纪 70 年代非常盛行，直到 80 年代开始，扫墓与春游分道而行，直至今天。

朱洪山烈士的墓依山而建，面临秀丽的慈湖，周边缀满大片苍松翠柏，给人庄严肃穆之感。有这好山好水陪衬，前来慈城春游和扫墓的人每年不断，而且扫墓人数在宁波地区各大烈士墓中名列前茅。在对革命英雄人物高度崇尚的年代，我们对朱洪山烈士的事迹能一字不漏记在脑子里。

奇怪的是，那次春游回来是不是坐同样的交通工具，我竟然一点都想不起来了。究其原因，可能去时情绪属于高潮，有悬念和期待；来时情绪属于低潮，活动结束，依依惜别，疲劳返家，有些感伤。两者印象迥异，自然是缺乏记忆了。

谁也想不到，组织学生春游，这种蕴含着深刻意义的学校传统教育项目，如今在很多学校已被全面取消，因为现代学校安全管理不容许出一点纰漏，安全问题严格束缚了孩子们的双足远行。学生外出春游已逐步淡出师生们的视野，淡出我们学校教育的内容，学生们对春游的热切呼唤没人关注，对春游的美好愿望一次次化为泡影。我为现今的孩子在美好的学生时代不能参加这样有趣的活动深为遗憾，就好比一部学生时代的系列大书，被人为删去了一幅幅精美活泼的插图。

裁缝来我家做新衣裳

立冬过后，日子像湍急的溪流，哗哗哗一路猛跑，天气渐渐寒冷。没多久，冬至到来，耳畔有过年的脚步声隐约传来，镇上的人们变得紧张和忙碌起来，家里的许多计划要付诸实施。

年年这个节点，母亲必定会把做过年衣裳这件冬天的大事，提到家里的议事日程上。一家六口每年须做一套新衣裳，雷打不动；如果哪一年不做新衣，穿着旧衣过新年，那是很没面子的事，好像被剥夺了过年的资格。所以穿新衣是最外在、最直观的过年仪式，也是最隆重、最丰厚的过年内容。穿上新衣，旧年的诸多晦气立马驱散，新年的团团祥气召之即来；穿上新衣，仿佛顺利领到过年的入场券，信心满怀地跨进过年的门槛，喜气洋洋地融入色彩缤纷的新天地里。

戴阿姨是供销社棉布店的营业员，又是母亲的知心好友。每当年末，棉布店的新布料会一批批到来，借近水楼台之便，戴阿姨总会把价格实惠、质量可靠、色泽好看的布料，第一时间推荐给母亲。然后，母亲翻箱倒柜凑齐全年积攒下来的布票，不失时机去棉布店扯来全家老少的布料，这虽然要花去母亲的一大笔钱，但她绝不会吝惜，这是早已拿捏好的全年计划之一。

男孩子的衣服基本是卡其布，母亲每年为挑选兄弟仨衣服的色泽而煞费苦心，比如今年是藏青色了，明年就来淡灰色，后年再来个深蓝色。冬天里，我们换洗的外衣通常就只两套，有了明年的新衣，就可淘汰去年的破衣，而今年的旧衣须等后年有了新衣再淘汰。我家男孩子多，每天滚爬摸打和干活，加上卡其布质地脆弱，不到一年，新衣便打上补丁眼。正值发育长个子年代，今年穿得了的，明年就偏小偏短，不能穿了。

布料预备好后，母亲眼里，冬天的大事才刚刚启幕，找称心的裁缝上门来做，就显得至关重要。冬天是裁缝们的繁忙季节，吃百家饭、做百家衣的裁缝们，这段时间忙得连打嗝都没得空，他们每天早出晚归。而去裁缝家预约的人门庭若市，约定日子后，每家就得按先后顺序排队，耐心等候。

那年冬天，我家迟迟等不来预约好的裁缝，母亲心急如焚，觉得如果再被动坐等人家上门，不主动出击找人，怕是过完年都没戏了。于是她四处打探，八方寻觅，终于物色到一位 40 多岁的女裁缝，此人性格温顺，技术细腻，手脚麻利，民间口碑甚好，母亲如获至宝。

裁缝来我家那天，我们兄弟们七手八脚帮她抬来缝纫机，又卸下家里的门板，两端搁在叠起来的四条长凳上，搭好了裁剪工作台。裁缝在门板上熟练地铺上一层白色垫布，像展览似的陆续摆上布料、熨斗、剪刀、竹尺、量身软尺、画粉，还有五颜六色的缝纫线团等。那时屋里空间狭小，只能在门外的屋檐下做裁缝工场了。

裁缝先给全家老少逐个量身，每人身上都要量过很多部位，她把各个部位的尺寸分别记在本子上，然后开始仔细剪裁，这是所有工序的核心环节，最能代表裁缝的制衣技术和成衣风格，这些活儿大约要花去她两天时间。

母亲把本月的几个休息天都集中到一块儿，一边做裁缝的帮手，一边买菜，烧菜，做饭，忙得不亦乐乎。

裁缝在我家的日子，完全改变了我家固有的格局：母亲烦人的责骂声听不见了，桌上的菜肴变得丰盛，屋子里是窗明几净。那几天，母亲面漾笑容，说话柔声和气。不光如此，爱面子的母亲，还把家里大大小小的糗事都暂时掩盖起来，坚决不向外人泄露。总而言之，我家秩序井然，仿佛换天换地，让人耳目一新，尤其那簇新的布料散发出来的芳香，令兄弟姊妹们每天陶醉。事先我们就获知，裁缝要在我家做五天，要吃十顿饭、五顿午后点心，与这位陌生而尊贵的裁缝阿姨同桌吃饭，我们感到新奇又有趣。

伴随着熟练急促的缝纫机踩踏声，一套套已完成的漂亮新衣裤陆续被裁缝晾挂在边上。我们的眼睛放出亮晶晶的光芒，每个人盯着自己的那套新衣裳，都在拼命想象正月里穿上时的动人场景。眼前的裁缝阿姨虽话语不多，却像神奇的魔术师，舞动着那双巧夺天工的纤手，把一大堆乱糟糟的布料，变成了一套套迷人的新衣裤。我们对她的手艺钦佩不已。

最后一天时，母亲喜不自禁喊来了棉布店的戴阿姨，向她展示一下新布料的成果，戴阿姨还未跨进我家门，便先声夺人，老远就大声喝起彩来。听得出，她并非全夸奖裁缝的手艺，也顺便在炫耀自个儿推荐布料的眼光和功劳。母亲也顺水推舟，赶忙向戴阿姨恭维几句，戴阿姨像功臣一般，内心觉得自豪。

五天时间转瞬即逝，裁缝在我家快要大功告成。家人们都围拢过来，逐一试穿新衣，裁缝在旁一边帮着试穿，一边讲着穿着的注意点。新衣服的确做得无可挑剔，大家都满心欢喜。裁缝开始把所有的物件一样一样收起来，装进自己的布袋里，又把所有裁下的碎布片清理干净。

拾掇完毕，裁缝便笑吟吟地瞧着母亲。母亲心领神会，恭恭敬敬掏出 15 元工钱，双手递给裁缝。裁缝接过后，习惯性地说些感谢的话语。

这个时候，落寞和忧伤突然向我们脆弱的心灵袭来，我们多么渴望裁缝能再停留几天，因为这样幸福又温馨的时光消失后，家里又将恢复如旧，幼小的心灵早已无法容纳每天沉闷乏味的日子，

裁缝走后没几天，气温急剧下降，天空窸窸窣窣扬起了雪花，大地一片混沌迷茫。冬天的大事完成了，母亲如释重负，逐渐舒眉展颜。

除夕晚上，在此起彼伏的鞭炮声中，母亲捧出一套套崭新制作的衣裤，端端正正放在各人的床头边，又给各人分发了五角压岁钱。

现在我们就静待新年的钟声响起。

礼堂上课的日子

一

1976年秋天，我们从镇小学毕业后，没有按惯例春风得意入读镇上中学，却被要求原地就读初中。小学办初中，那时叫作“戴帽初中”，有点不伦不类。不知何原因，明明塔山东面的中学近在咫尺，却要把我们拒之于门外，也许是当时的中学校舍或师资太紧张，容不下我们了；也许是从今往后他们集中力量办高中了。总之，我们这一届学生算是时运不济，在小学里读初中，觉得仍然没长大，没有初中生的身份感。

这一年，我们国家经历了太多的变故，各种重大事件接踵而至：1月8日，敬爱的周恩来总理逝世；4月5日，北京爆发了四五运动；7月6日，朱德委员长逝世；7月28日，唐山发生大地震，死亡24万人；特别是9月9日，毛主席逝世，犹如晴天霹雳，感觉中国的擎天柱倒塌了；10月份，“四人帮”被粉碎，反党集团垮台，全国人民奔走相告。短短一年，国家政局持续动荡，每个孩子都像被打了催红剂的西红柿，一夜间纷纷成熟，大家对政治大事越发敏感。

漫长的十年“文革”终于捱到了尽头，我们也摇身一变成了初中生，但是除了更换一批老师之外，其他似乎什么都没变，包括我的那只洗得发白的帆布书包，从小学一直背到初中。

我们年级段就甲、乙两个班级，由镇上的孩子和各乡村的孩子组成。报到那天，我们乙班意外被安排在学校的礼堂内上课，原因是教室不够。班主任是位高中毕业没几年的乡村男青年，姓竺，小眼睛，高鼻梁，留一头短短的卷发，颧骨下终日挂着两片红色，看上去像是每天喝过酒。竺老师为人憨厚朴实，工作勤勉负责，他教我们语文。这大礼堂，听说是竺老师那天手气不佳，与另一位班主任抓阄时不幸抓到的，为此他难过了好长时间。

1976 年 9 月至 1977 年 6 月，我们在镇小学的礼堂内艰难地度过了第一年初中。

那年代，一所学校是否拥有礼堂，是评判其办学水平高低的硬指标。有了礼堂，师生们再也不必在露天集会，不必承受风吹雨淋日头晒的折磨，礼堂还兼有简陋体育馆、临时大教室等功能。可是礼堂毕竟不同于标准教室，哪怕你布置得再富丽堂皇，让学生每天在里面上课，实在是名不正言不顺。况且这大礼堂虽然竣工了，但地面却铺着高低不平的小石块，南北两面是一个个空荡荡的窗框，学校再也没钱给礼堂浇水泥地，配玻璃窗了。谁也没想到，接纳我们的学校礼堂竟是这半成品房子。

这时候，大家一边埋怨着学校的不公平，一边思量着下步改变现状的办法。当务之急是要解决立足问题，有老师想出了用黄泥取代水泥的办法，说这黄泥黏性强，夯实后可以作地面，结实度可不亚于水泥，而且小镇周边的山上遍地是黄泥，取材方便，成本低廉。方案一出台，获得学校认同，师生们立刻行动。

开学头天，我们把发下来的一大摞新书全放在家里，因为以后几天不用背书包了。第一星期，我们带锄头、扁担和土箕，上山掘黄泥，一担担黄泥络绎不绝被运到大礼堂，铺在碎石地面上。第二星期，每人从家里带来洗衣槌，一槌槌敲打黄泥，夯实地面。这两个星期，其他班级每天也轮流来支援我们班，不少老师也加入到了我们的行列，在精神上和力量上给了我们班巨大的支援。

敲打地面是细活，讲究技术含量，每一槌敲下去，不能留明显印痕，不能有高低凹凸，要敲得每处地面平滑发亮为止，这特能考量我们的细心、耐心和恒心，老师们敲打的水平确实比我们更胜一筹。那几天，毛主席刚刚离开我们，学校内外气氛压抑，大家把万分悲痛化作一槌槌敲打地面的无穷力量，整个大礼堂“劈劈啪啪”的声音像交响乐，此起彼伏。几天下来，好多同学的手心都震出了血泡，血泡随即破裂，练柱柄上沾满了片片殷红。那时，我们采用世界上最原始笨拙的办法，采用许多天的人海战术，终于完成了今天用大型压路机只消十几分钟就能搞定的地面工程。

夯地劳动结束后，苦尽甘来的同学们，从学校的仓库里，扛着一张张旧双人桌和旧双人凳，喜滋滋地进大礼堂安营扎寨。每个人踩着平整光滑的黄泥地，心头感到无比舒适。竺老师不知从哪里搞来一大捆麻袋片，用钉子把它们固定在一扇扇窗洞上，当作窗帘，用来遮挡风雨，礼堂瞬间变得暖乎乎的，而且拥有了某种安全感。临时的移动黑板也搬来了，毛主席和华主席的画像不久后也被挂到了大礼堂墙上，教室开始变得有模有样了。

二

在礼堂上课，我们平生第一次接触到了英语。英语老师姓庄，高中学历，五短身材，剃板寸头，满脸青春痘，说话虽慢条斯理，但嗓音高亢。他念英语单词和句子时，听起来像是在念中文，压根儿听不出英语味。听庄老师教英语课，起初是新鲜好玩，后来面对眼花缭乱的国际音标，大家就渐渐坠入云里雾里。

“嗨，庄老师课本上也注着白眼字！”有一次坐头排的同学发现了这个重大秘密，悄悄传下话来，一传五,五传十，很快全班都知道了。从此，我们的英语课本里，每个单词和句子下面都密密麻麻注满汉字读音，私底下全违反了庄老师对我们的规定，这也成为礼堂里公开的秘密。这种让人啼笑皆非的学英语办法，并不能怪罪于庄老师，因为他受“文革”的影响远比我们大，那年代科班出身的英语老师简直是打着灯笼难找。天长日久，我们的英语发音逐渐偏离国际音标轨道，大家一边跟着“teacher 庄”拖长声地念着古怪的英语，一边调皮捣蛋地哄笑着。这时，一群麻雀叽叽喳喳飞进来，落在礼堂顶部的人字梁上，大家的目光唰地全被吸引到房梁上去了。

由于礼堂过分空旷，常常分散学生上课的注意力，更由于之前那几年，大家受“读书无用论”思想影响，加上每年极其频繁的学农劳动，我们的思想早已像田野上肆意蔓延的杂草，无法及时清除。精神上逐渐倦怠，骨子里的散漫习气便死灰复燃。几乎每堂课都有“坏胚子”冒出来，不服老师管教，与老师犟头倔脑吵架，一节课里完不成教学计划是常事。有次上课，全班竟有一半人被罚站。目睹哭丧着脸的老师们，我们的内心却有幸灾乐祸之感。礼堂环境开始走样，地面越来越脏，原本整齐的一排排课桌变得弯曲凌乱，遮窗的麻袋片残缺脱落，男生们课余像猴子一样在窗台上蹦上跳下。

那年冬天，连续下了几场大雪。礼堂外银装素裹，尺把厚的积雪用脚踩上去，发出嘎吱嘎吱的响声。操场上的几株小树在寒风里呜咽着，幼小的树冠终于支撑不住积雪的重压，扑簌扑簌成团落下，校园里处处闪着刺眼的光芒，也让礼堂比平时亮堂许多。但刺骨的寒风越过毫无遮挡的礼堂窗洞长驱直入，衣着单薄的我们，冷得瑟瑟发抖，双脚全冻僵了，有人使劲蹬地面暖脚，众人模仿也一起蹬，刹那间，礼堂内的黄泥地犹如万马奔腾，势不可挡，扬起的灰尘全吸进每个人的鼻子里。下课了，早已按捺不住手脚的同学们，一窝蜂涌向雪地里，热火朝天打起了雪仗。天空里雪影飞舞，双方激烈交“战”，实力较弱的一方渐渐退守到礼堂内，这下等于“引狼入室”，礼堂随即饱受“战火”摧残，女同学们吓得抱头钻到桌底下。直到上课铃声响起，双方才偃旗息鼓，而这时的礼堂早已满地残雪，一片狼藉。当然，始作俑者在这堂课是逃脱不了被老师罚站的结果。

沿礼堂南边围墙根往西五十米，是学校食堂的柴草间，满屋堆积着一捆捆用作柴火的稻草。有同学模仿电影《地道战》，在草垛里修筑了隐秘的“地道”工事，遇到不感兴趣的课程，大家就把“地道”作为逃课避难所。为提防老师找人，大家高度警惕，轮流望风。一旦发现老师进大礼堂上课，就一声唿哨，宣告“鬼子进村”，一帮人纷纷躲进“地道”，与老师展开“敌进我退”的“地道战”。这“地道”所处位置很隐蔽，记得有一个端口直通食堂后门，后门常常虚掩着，胆大的同学神不知鬼不觉地溜进去，偷吃厨房里的食物，末了还带点出来供大家分享。这偷吃行为，好像从没东窗事发过。

不久，班主任竺老师生病住院了，传说肺部出了问题，估计是被我们气坏的，大礼堂里突然见不到他的身影，我们有点不习惯了，大家多少有一种负罪感。其实学校早已觉察到了我们班的糟糕风气，在这样的环境里上课，估计张校长他们也很内疚，所以没有对我们采取严厉的惩罚措施，相反用比较温和的方法教育我们。学校先后在礼堂召开了“深入揭批‘四人帮’反革命罪行”、“肃清‘四人帮’流毒，做又红又专无产阶级革命事业接班人”等系列大会，又邀请公社教育干部给我们做关于毛主席丰功伟绩的专题报告。几次集会下来，大家懵懵懂懂提高了些觉悟。学校又承诺我们初一念完就搬出礼堂，去对面正规教室。又苦口婆心告诫我们如果不好好学习，很可能毕不了业等。

三

1977 年 4 月，《毛泽东选集》第五卷出版了，这是当时老百姓政治生活中的一件大事。学校在礼堂举行了隆重的授书仪式，全校师生每人发到一本《毛选》第五卷，捧在怀里，喜上眉梢。各班班长鱼贯上台，表态要用实际行动认真学好毛主席著作，并把它作为初一下学期政治学习的中心任务。学校还规定，学期结束要评出一批学毛选积极分子，这个荣誉非同小可。班主任竺老师按照同学们的居住区域，认真地将全班分成若干个学习小组。因为我朗读能力强，有幸被任命为第一小组组长。春天的夜晚，当皓月升空、蛐蛐鸣叫时分，大家急匆匆赶往指定的同学家学《毛选》。

《毛选》第五卷浩浩几十万字数，按照正常朗读速度，用每周两个晚上的时间，估计一学期下来是难以学完的，为此，竺老师在礼堂墙上绘制了一幅各小组学习进度表，想通过竞赛方式来激励大家。我们组在朗读时最中规中矩，一步一个脚印向前推进着。作为组长的我，勇挑朗读重担，承担了大部分朗读任务。期间听说有个学习小组，每晚学习前先在野地里捉迷藏，待玩够了时间再朗读，朗读时就免不了偷工减料，后被本组同学检举揭发，组长为此挨批还撤职。说实话，读领袖的鸿篇大论，需要有丰富的历史知识和较强的理解能力，由于我们年龄太小，不可能完全领会其真谛。可作为硬任务，事关学习态度问题，必须无条件读完，没有讨价还价的余地。期末，我们第一小组千辛万苦完成了《毛选》第五卷的朗读任务，无论是速度还是认真程度，均名列全校前茅。

这一年的“六一”儿童节姗姗来临，作为初中生的我们，最后一次过儿童节。尽管在学弟学妹面前隐约感到难为情，但大家都加倍珍惜这最后的节日。那几年，红小兵的胸卡早已废止，而脖子上的红领巾还没恢复，所以我们既不算红小兵，也不叫少先队员，入共青团还没资格，身份显得有点尴尬。这个儿童节，学校安排的游园活动也特别丰富，大礼堂成为这次活动的主会场，单游戏项目就有五项。记得其中一个项目叫“弯弓射大雕”，利用大礼堂空间的挑高优势，在数米高的人字梁上挂着铁皮畚斗，人在几十米开外，用皮弹弓向上射击，只要击中目标，“嘭”——铁皮就会发出响亮的声音，奖品也就到手。这个项目吸引了我们班大部分男同学，那时大家经常在野外用皮弹弓打麻雀，所以全是百发百中的“神射手”，以至于这个项目的奖品几乎被我们包揽了。有段时间，大礼堂遭受严重的“雀害”，成群的麻雀隔三岔五飞进来，聚集在礼堂的房梁上，那些麻雀静静呆着也罢，偏要喋喋不休吵闹，还时不时拉下一粒粒白色的粪便，掉在好多同学的头上和脸上。吓唬驱赶都没用，“躁性子”们听不懂我们的警告，最后竺老师要大家拿出“杀手锏”，用皮弹弓来解决。这方法立竿见影，当数十只麻雀的尸体“扑扑扑”掉落下来后，它们终于长了记性，从此再也不敢来大礼堂捣乱了。

“六一”过后，春天渐行渐远，夏天迫不及待地到来，离开大礼堂的日子也悄然进入了倒计时。这个季节，校园里四处弥漫着栀子花的芳香，操场边被冬雪蹂躏过的几株小树早已是枝蔓翠绿，大礼堂屋顶外也蹲满了大群心神不定的麻雀。此时，有一种莫名的伤感占据了我们心底最柔软的部分，不瞒你说，我们已经不知不觉爱上了这简陋的大礼堂。学期结束的最后一天，班长向竺老师郑重提议，下学期能否不搬到新教室去，因为我们全班都商量好了，一定在此好好学习。

2014 年 5 月 18 日午后，当我在键盘上敲完最后几行文字，复杂的心情从字里行间挣脱出来，旋即驱车赶往那所小学。岁月流逝，物易人非，那礼堂如今荡然无存，取而代之的是一幢时尚漂亮的教学大楼，一群群00后的孩子们在这里快乐地接受先进的基础教育。我徘徊于当年大礼堂的那个位置，用手机从不同角度摄下“梦里的大礼堂”。那一刻，耳边荡漾起歌手侃侃那首叫《大礼堂》的歌：

小小的礼堂，斑驳的墙

多少的故事在这里发生

欢笑泪时其实都一样

也许会有那么一天会将你遗忘

我们曾经魂牵梦萦的地方

……

是的，我们都在寻找那份原始，寻找青葱时代中最难忘的那个场景，因为那里珍藏着一代人抹灭过往的酣酪。

黑夜里的翅膀

诗人顾城说：黑夜给了我黑色的眼睛，我却用它来寻找光明。诗歌抒发了一代人历经“黑夜”后，对“光明”的强烈渴望与执着追求。显而易见，这黑夜喻示政治的黑夜，这光明喻示真理的光辉，那个年代早一去不复返，我们再也不惧怕“黑夜”。如今的年代遍地是光明，自然的光明将城乡的黑夜点缀得通透亮丽，自然的光明也让这个世界熠熠生辉，当然也让人焦躁不安。

孩提时，家里的照明全靠一盏煤油灯，葫芦形的玻璃罩把豆大的火苗放大了数倍，光晕一圈圈从里面散发出来。这团孤独宁静的光华，让整间屋子充满温馨祥和。母亲一边织着毛衣，一边管护着我们，看我们在油灯旁专注地做着有限的功课。很多时候，我们面对着暖黄色的灯盏，遐想着各种有趣的人和事。

后来家里终于通了电，房梁上挂下一只 15 瓦的灯泡，尽管映照的范围比油灯扩大了，可亮度仍然显得不足。想着屋外蔓延着深不见底的黑暗，屋内这仅有的光明就变得金子般贵重，家人们也感到知足和幸福。

遇到月光皎洁的晚上，为了省电，我们灭了灯，让月色从窗外悄悄地泻进来。静默的心灵开始跨越想象的时空：念想各色诱人的美食，念想离过年还有多少天，念想学校里艰苦的农业劳动，念想战斗片里叱咤风云的英雄人物，念想长辈们讲过的各种诡异故事，念想隔三差五被批斗的“四类分子”们，更是念想着长大后自己会是何等模样……我们爱怎么想象，就怎么想象，谁也不会干涉我们。我们眼里，黑夜是博大宽容的，黑夜也是善解人意的，黑夜会让人的思维和灵感泉水般汩汩涌动。

每逢停电，在黑暗的屋子里，我们会试着寻找别样的乐趣。比如，我们找来好多废旧的电影胶卷，用手电筒做放映机，用蚊帐做白色的银幕，把剪下来的胶片，逐一拿到手电筒的光束里，一幅幅影像瞬间投射到白色的蚊帐上，形成了偌大的幻灯画面，那简直是奇迹，就发生在我们家那顶旧蚊帐上。在幽深的黑夜衬托下，画面显得清晰美丽，虽然它静止不动，有时黑白，有时彩色，但我们兄妹们已经欢呼雀跃了。这奇妙的“蚊帐影院”使我们的睡床变得斑斓迷人，恰如一座“梦幻小屋”，待在里面能随心所欲，轻易就实现梦想。

那时，我们喜欢黑夜胜过喜欢白天。每当黄昏来临，就盼望天快点黑，天一黑，我们就浑身亢奋，因为这天地就属于我们了，这时光也属于我们了，我们在镇上开始捉迷藏和“抓特务”。镇南面街区的所有孩子都加入进来，这场声势浩大的夜间游戏，每晚在众声喧哗中准点启幕，它惊心动魄，又其乐无穷。这游戏的前提是要绝对远离灯光，以黑魆魆的夜为背景，以大街小巷为战场，天越黑，游戏就越逼真，趣味性就越强。这是我们镇上那些年的保留节目，导演和演员都由孩子们组成。这场盛大的游戏，除了雨雪天和放露天电影时，其他时段照演不误。这样的游戏，练就了我们的勇敢无畏，练就了我们的敏捷灵活，练就了我们的谨慎耐心，练就了我们的团结协作，包括团队和集体的纪律观念、品格意志等。真心感谢黑夜给我们带来了如此丰厚的精神财富。

夏日，镇上的人们喜欢在黑暗里纳凉，老人们吧嗒吧嗒摇着蒲扇，边驱赶着蚊子，边给孩子们唠叨着陈旧年代的故事，那些故事就像头顶的星空那般玄幻迷离，让孩子们无比好奇，从而不停地刨根究底。在房前屋后，更多的人一声不吭，端坐在深沉的黑夜里，默然梳理着自己的思绪，盘算着今后谋生的大计。黑夜无疑是风平浪静的避风港，让白天的种种艰辛和烦恼，慢慢地消融，沉淀，释放，继而获得充裕的休憩。

犹记得 20 世纪 80 年代某个夜晚，我骑着一辆 28 寸旧自行车，从县城赶往宁波城区。那时的宁奉公路从头至尾没有一盏路灯，马路寂寥荒凉，伸手不见五指，巨大的黑暗将我彻底吞没，我像万丈海底里的一尾小鱼，在茫茫黑暗里摸索前行。孤独和恐惧时不时袭来，我甚至觉得自己被无数的妖魔鬼怪包围了，我身上的每根毫毛都直竖着，我几乎要被窒息。但我用大声唱歌来壮胆，用歌曲来抗击那些徘徊在四周的鬼怪们。激昂的旋律弥散在寒冷的旷野里，我的内心逐渐积聚起强大的力量。在跌跌撞撞骑行中，我的歌声竟让那个恐怖的黑夜，慢慢变得温润、柔软和浪漫起来，两小时后，迎接我的是甬城璀璨迷人的灯火。32 年过去了，我至今仍眷恋着那个墨似的黑夜。

在物质生活贫困的岁月里，我们都像飞翔的夜鸟，习惯在黑夜里默然生存，在黑夜里励志奋斗，因为人人都拥有一双晶亮的眸子，能穿透厚重的黑幕，准确地辨析出各个方位和目标。那时候，打着灯笼都找不到患近视眼的孩子，是黑暗赐予了我们犀利的眼力，让我们在夜间如鱼得水，让我们在夜间自由地编织梦想，我们享受着黑夜带来的无穷无尽的快乐。在黑夜里，我们消除疲累和犹疑，恢复体能和神智；在黑夜里，我们卸下繁重的生活面具，露出轻松愉悦的自然本真。

今天人类的照明技术日新月异，黑夜被装扮得绚丽多彩，但我们在逐渐失去黑夜里丰赡的想象力，失去黑夜里缜密的思辨力，就像一对矫健的翅膀，习惯了在黑夜里翱翔，一旦暴露在光明面前，反而显得软弱无力。

人们不再像农耕时代那样日出而作、日落而息，遵循昼夜更迭来生活，而是打破昼夜界限，建立了24小时全天候服务系统，让你随时享受和白天一样的便利。尤其那些国际化大都市作为“不夜城”，摩天大楼上的灯光照彻夜空，车水马龙的大街霓虹闪烁，这让昼夜时间的边界造成紊乱，也让年轻人的睡眠越来越少，进而影响人的记忆力和学习力，而且睡眠差的人，患抑郁症的可能性更大。

我们还发现，长期生活在华丽灯光下的孩童，跟父母一起走幽暗的夜路时，要么刻意抢在父母前面走，要么一个人频频回头看，生怕后面有东西在跟踪。几许黑暗就让他们感到无所适从，缺乏安全感，这是长期依赖灯光带来的后遗症。大量的光照，让夜行动物不知所措，给植物的生长规律带来破坏。强照明将事物的外貌映照得纤毫毕现，一览无余；强照明将人们探究事物的答案毫无悬念地公布出来。所以当下的世界，黑夜被不断削弱令人期待的神秘，不断削弱清风明月般的诗意，不断削弱深藏其中的韵味。

有时灯火辉煌，并不代表文明和发达；有时黑灯瞎火，也并不代表愚昧和落后。有识之士们开始向往“纯粹的黑夜”，追求让人浮想联翩的原始的夜晚。数年前，地处象山港畔的黄贤村，被宁波市天文爱好者协会授予宁波首个“黑夜保护区”，旨在让黑夜还原它本来的面目，促进人与自然的和谐。我们渴望更多的城市、乡村能加入到保护黑夜的行列中，让人类少些人造光源的污染，多些星光月色的沐浴；让我们在黑夜里重新历练想象和思考的翅膀，以便能在广袤的天宇中勇敢自由地飞翔。

我们的父亲山

镇上的塔山有一个很雅致的名字叫甬山，“甬”是宁波的简称，因境内有甬江而得名，而甬江之名源自我们镇上的甬山。史料上说，因峰峦似覆置大钟，像古甬字故名甬山；另说，晋代郭璞曾云游至此，俯瞰剡江九迴，东望平原如锦、远山连绵，叹曰：“明山剡水，气势甬甬，五百年后必成一大都郡。”后人遂取郭璞之意，取名甬山。甬山其实是四明山的余脉，也叫尾巴山，再往东便是苍茫的鄞奉平原和东海了。

但镇上的人很少喊这个山名，他们才不去考证山的历史和地理，都约定俗成叫塔山，因为山上有一座建于唐代的塔，塔名很吉祥，叫寿峰塔。这山自从拥有了塔，山便像长了眼睛，有了灵性，也有了品位，还增添了厚重的人文景观。

多少年来，塔山给人的印象是巍峨大气、刚毅沉稳，它像一位慈爱的父亲，在忠实守护着脚下的小镇和镇上的百姓。既有母亲河剡江穿越，又有父亲山塔山驻守，这一山一河为小镇带来了灵秀之气，这样的小镇，势必成为物产富庶、经济发达、街市繁荣之地。

早年，小镇的先民们为躲避剡江水患，都把房子建在塔山的山腰下。那时候，塔山脚下蜿蜒着无数的民房，人们聚族而居，住地的名字都散发着质朴的山野气息，比如平岩洞、塔山湾、山后、胡柴岭……这些高低错落的屋舍，就像礁石边上密集繁衍的珊瑚，紧紧倚靠着塔山，与塔山唇齿相连。

在交通落后、思想闭塞的年代，我们常常登上塔山，在六角亭里凭栏远眺，想象诗和远方；在寿峰塔下幽古思今，追溯塔山绵长的历史。塔山东望是辽阔的鄞奉平原，大小村庄在万顷平畴中星罗棋布，大宁波虽在我们的视野之外，却能时刻感觉它在遥远的东北方；塔山南望是笔直的甬临线，通往若隐若现的县城，那是我距离梦想最近的地方；塔山西望是层峦叠嶂的四明山，那里群峰竞秀，山岚氤氲，恰似一幅笔墨晕染的山水画卷；塔山北望是陌生而神秘的鄞地，那里静卧着一道矮矮的山梁，它将鄞奉两地诗意般地划分开来。

如果说，塔山是孕育人生理想的美好高地，那么它脚下的剡江是一条通往远方、实现理想的迷人路径。那时候，年少的我，每隔一段时间，总要气喘吁吁爬上山顶，俯视江面上往来不绝的船只，然后坐在岩石上长时间沉思发呆。

这塔山曾是一座英雄的山。1945 年 8 月，日军投降，国民党保安团乘机占领镇上，并在塔山上构筑军事设施，妄图控制山下的交通要塞。为扩大革命根据地，那天深夜，新四军浙东纵队从鄞江南下，攻打塔山，经过浴血奋战，最终山上的敌军被全部歼灭，那场战斗，好多战士成了烈士。后来的解放战争中，也有多位解放军战士在剡江上面运送粮食牺牲，这些烈士的墓都修葺在塔山的山顶。每年清明，我们都会去扫墓，一遍遍重温烈士们的英勇事迹，让崇尚英雄的种子从小在心灵里萌发。

在知识荒芜年代，语言贫乏的我们，总喜欢在大多数作文开头写上“巍巍塔山、滚滚剡江”之类乏味透顶的句子，就好比在干旱的沙漠上人为添上一抹绿色，不管它是否合适。这样的句子用多了尽管落入俗套，我们却乐此不疲地使用，总归比千篇一律的“当前，全国形势一片大好”好得多，塔山和剡江毕竟是我们镇上的骄傲。

许多年过去了，塔山战斗的硝烟早已散尽，塔山身上的伤疤也早已治愈。但我们在爬塔山时，时不时会想象那场战斗的壮烈场景，甚至去漫山遍野寻找那场战斗遗留下来的各种碎片弹壳。天真的我们，还认为当年一定有国民党士兵的漏网之鱼，至今仍藏身于后山那些个神秘的洞穴里，等待我们这些红小兵们前去抓捕。但这一切近似天方夜谭，塔山早被时间的风雨洗刷得干干净净。

那时候，学校老师的教育目的非常明确，爬塔山不仅是体育锻炼的需要，更是革命英雄主义和理想主义教育的需要。从五年级开始至初中，班主任都换成了男教师，他们一次次带着我们爬塔山，给我们讲各种英雄故事，给我们上思想政治课。那个年龄段，我们快速发育成长，都能一口气爬上山顶了，我们的“三观”也渐渐奠定。

在小镇百姓的印象中，塔山也是一座护佑平安的山。每年夏季洪峰到来时，剡江两岸的堤坝总要经受严峻考验，那些日子，镇上的人们日夜观察着洪水警戒线，预防不测来临前，扶老携幼，迅速转移到塔山上去。危急时刻，唯有塔山会给人们提供安全保障。记得有一个夏夜，剡江的洪流在我耳边轰响，我躺在养娘家床上胆战心惊，养娘与大姐姐在连夜整理衣物，准备第二天去塔山避难。在昏黄的油灯下，她们俩在隔壁房间一边絮叨，一边不停地忙乎，许久没见她们过来，丝毫不顾及我的恐惧心理，以至于我彻夜难眠，那会儿我的心早飞翔到高高的塔山上去了。

1976 年唐山地震那些天，镇上到处人心惶惶。有人吓唬说，我们镇上也将发生地震，到时江堤垮塌，江水会淹没镇上，大家又不约而同想到去塔山上避险。但问题是，地震发生时，堤坝瞬间垮塌，江上的老桥也会断裂，没有了桥，就会被剡江阻隔，南岸的人根本到不了塔山，所以是否要提前跑到山上去，人们都纠结于这个难题，内心都祈祷镇上平安无事，祈祷塔山一定会保佑我们每个人。还好，这样可怕的事情，终究没有发生，也不大可能发生。

当年塔山上的白雀寺，不像现在这般气势恢宏，门庭若市，它坐落于荒凉寂寥的西侧山顶，几间古旧破败的寺院房舍掩映在一片茂密的树林里，此地僧人少，香客更少，除了鸟雀的聒噪声和塔山的呼吸声，再无其他声音可闻。

星期天，我们一群孩子会摸索到山上的寺院外，然后设法翻越数尺高的围墙，跳入后院，偷摘树上成串的枇杷。怕被寺院里的僧人发现，大家多半是蹑手蹑脚进出，过程有点惊心动魄。白雀寺的后院，种着一垄垄鲜嫩的蔬菜和萝卜，还有许多稀罕的果树，很像后来读到的鲁迅笔下的百草园。沿白雀寺南坡下去几十米，是清水庵寺院，旁边有神奇的蝙蝠洞。经常看见一位长得白净的中年尼姑，穿着灰、黄两色僧服，往返于山上山下，采购各种生活用品。镇上的人都认识她，沿路都跟她打着招呼，俗人一般。男人出家称和尚，女人出家称尼姑，寺院也分男女，彼此相安无事。这些事理我都是后来逐渐明白的，看来塔山的佛相和佛缘与生俱来，如此它才会吸引四方香客纷至沓来。

那次从旧白雀寺偷摘果子回来，路过半山腰的同学骆志海家，吃了一碗世上最美味的咸菜年糕汤，他家一大缸水浸的雪白年糕，让我们惊叹不已，这是粮食匮乏时代饥饿带给我们的强烈感受，也是塔山留给我们的美好记忆。

我们的小学坐落在塔山的南麓，站在塔山上，就能聆听到山下清脆的上课铃声和琅琅的读书声，能俯看到操场上一群群奔跑跳跃的身影；而站在校园里，抬头就能仰视雄伟的塔山，塔山会以慈爱的目光注视着你，会以静默的力量感召着你。我坚信对塔山东麓的中学师生们来说，同样会感受到来自塔山的父亲般的情怀。

行文至此，正逢宁波“两会”召开，有位人大代表提议，在宁波建城1200周年之际，应深入挖掘宣传甬山甬源文化，加大对甬山的文旅融合和综合开发，真正把甬山打造成为宁波富有魅力的文化地标。报纸上也对此新闻作了宣传报道。

我想，这应该是时间上的巧合，塔山这座父亲山带给我们的福祉未来将会源源不断。

第六辑　变迁

后晒场印象记

后晒场，这地名在小镇里显得有点孤单，因为附近并无相对应的前晒场。我猜想，很久以前，这一带肯定有过前晒场，后来一定是给后面某个年代大规模造了房，或者被周边的人家慢慢蚕食，日渐缩小，乃至消失殆尽，不然镇上的人不会空穴来风这么喊。那时镇上百姓造房毫无规划，全都是大队和生产队说了算。

后晒场坐落于小镇东面，属于第一生产队的场地，大约有两个篮球场见方。后晒场是那个年代小镇南面唯一的广场，生产队里杂七杂八的集会活动都在这里举办。

后晒场西边有一排队间，是五间半新不旧的瓦房，中间两间给打通了，供社员们开会议事。最左边的那间，住着一位小知青，是从县城国营印刷厂下放来插队的。那些年，只要趴着他的窗口，就能瞥见桌上摆着一架灰绿色的“五更机”，用来烧饭做菜。这是他爸妈替他买的，整间屋子算这物件最时髦，也最值钱，那时的知青都流行带这玩意儿。这小知青估计是营养不良，没发育好，长得干瘦单薄，像剡江边冬天枯干的芦苇，而且整天病恹恹的，一副弱不禁风的样子，喊他青年实在不够格，我们断定他干不动队里的农活。后来队里也真的照顾他，让他干些记工分、算账目的轻便活，不用去地里干活。我不知道作为知青的他，这样的安排对他是喜还是忧，总之他得不到去广阔的天地锻炼的机会，也就难称真正的插队知青。

最右边的是仓库，存放队里的农具和集体收获待售卖的稻子、麦子，还有各类种子。稻麦收进后，先要在门前的场地扬清，晒干，再挑好的卖给镇上粮管所，剩下的就分给社员各家各户。仓库隔壁是生产队的“核心机构”——队长和会计的办公室，队长和队里的骨干们经常在此商议队里的事情，包括社员家里鸡毛蒜皮的事情。

队间门口是一大片用青石板铺就的平台，高出晒场半米多，平台微微往前倾斜，便于屋檐上的雨水顺势泻走。平台是生产队的“天然舞台”，队长常常站在这座“舞台”上，嚷着嗓子，喷着唾沫星子，给出工的社员分派农活，鼓动干劲，有时还不忘念诵几句领袖的语录。队长身后的队间自然成了“舞台”的背景，有了这背景的支撑，队长似乎被授予一种坚定的权力，让他喊话的底气更足，嗓门更大。当然，这“舞台”还定期召开训话会，隔三差五叫队里的一群“四类分子”来此集合。“舞台”有时还敲锣打鼓举行各种文艺演出，组织者多是镇上的单位和学校学生。

后晒场的地面是用泥土夯实的，光滑平整，边上稀稀拉拉长有杂草，像一位大面积秃顶的老年人，依赖边上一圈毛发护佑着。后晒场整个也是由西向东微倾，让雨水集中排到东面的一条大沟。这大沟其实算得上是一条小河，积满了淤泥，淤泥黑而亮，富含营养，最适合栽植和滋养茭白。一年里很多时间，这里茭叶葳蕤，生机勃发，好比一道绿色的屏风把边上的宁奉公路隔开，把汽车驶过卷起的漫天尘土挡在外面。这茭白属于队里集体的作物，收获时节，社员们每家都能分到一大堆。

后晒场的西、南、北三面，高低错落分布着数百户人家，农民户和居民户都夹杂在其中，但农民户占多数，他们都被生产队这根共同的纽带维系。太阳升起时，社员们肩扛各式农具，从晒场出发，络绎不绝走向广阔的田野。那时的田野，茂盛丰腴，色彩斑斓，四季如画，黝黑的土地总是滋滋地冒着水汽，微风挟带着泥土的芳香，令人无比陶醉。夕阳西下时，社员们拖着疲累的身子，有的背着各式农具，有的提着收获的作物，有的赶着水牛，有的推着手拉车……陆续收工回来，在后晒场集中碰头。这时候，晒场周边的上空炊烟缭绕，像是诸多衣袂飘飘的仙人，不约而同出来赶趟，尽情展示曼妙迷人的舞姿。此刻，家家菜香饭熟，户户摆好酒盏碗筷，坐等男劳力们进屋上桌。一些肚子饿、性子急的人家便怂恿孩子跑去晒场，瞧瞧自家该死的爹还在磨蹭什么。

后晒场西面人口稠密，房屋布局杂乱，大小弄堂像一根根鸡鸭的肠子弯弯曲曲，互相缠绕。而小孩们尤其喜欢在这样的弄堂里穿梭，比耗子还要灵活和敏捷，他们天生喜欢这种惊险有趣的环境，借此演练各种“打仗游戏”，比如地道战、地雷战、麻雀战、伏击战、围困战……这些弄堂成为他们模拟“打仗”的最理想的环境，很多孩子练就了声东击西和神出鬼没的水平。这要归功于那个年代电影内容的影响，后晒场放映的几乎都是战争片子，那时的战争片可不像今天那么泛滥粗糙，有限的几部片子都称得上经典，都反反复复看，看得烂熟于心，每一句台词都能脱口而出。

后晒场周边的墙壁上，常年都能看到若干条耳熟能详的标语，是用红色油漆写的美术字体，一条是“千万不要忘记阶级斗争”，另两条是“备战备荒为人民”、“提高警惕 保卫祖国”，它们反映出那个年代的主题。多年的日晒雨淋，字迹已明显退色。

1976年后，后晒场逐渐沉寂。除了秋天安排的悼念领袖去世和庆祝“四人帮”粉碎两场大活动，其他集体活动几乎停止，人们的政治热情和精力似乎在不断衰退，场子上翻晒稻谷的人越来越多，晒场的本义和主要功能逐步回归。

2016年岁末，我再去寻觅昔日的后晒场时，发现那里已被大片民宅填没，后晒场显得面目全非，由此我断定一队的土地大部分被征作建设用地了，估计再没地方种稻子了，也再不用翻晒稻谷了，农民这个职业恐怕在镇上快要消失了。

变矮的老屋

一座建筑物跟年老的人一样，年份久了，就会渐渐变矮，我们城里20年前造的汽车东站，现在看来不知不觉变矮了；再追溯到40年前造的东门口老车站，看起来显得更矮。这变矮的原因一方面是周遭林立的高楼造成的巨大反差，另一方面是道路路基在不断提升，可我估摸着还有第三种变矮的原因。

镇上我们家住过的那间老屋也在变矮，那天我在屋后抚摸着它黝黑斑驳的墙体，想起以前爬上瓦楞需要借助一把梯子，现在只要一根凳子就可纵身上去了；还有这屋门，以前尽可昂首挺胸进出，现在需低头弯腰进出了。按理，造房时候，门框是以成年人身高为标准设计的。只是这周围既没一幢高楼，又不曾垫高过路基，那我只能断定这老屋的结构跟人的骨骼和血肉一样，如今到了我母亲一般大的年龄，开始进入骨质疏松、脊柱缩短阶段了。那一刻，我突然看见一个长大了的正在老掉的自己，终有一天，我也会老得跟这屋子一样矮小。

除了我们家住过的老屋，左邻右舍的，整排的每间屋子莫不如此，又矮又旧又暗。也难怪镇上这小地方，不像城里有大规模的旧城改造，天天在旧貌换新颜。镇上的变化实在太慢了，房龄几十年、上百年，且毫无文物价值的破败房子比比皆是。

我在这个叫南街头的地方溜达，我猜这时候应该会有一个人出来，并且脸上会带着疑惑的表情，可是没有人出来，许久都没有人出来，甚至连一条小狗、一只鸡仔也没出来，遑论遇到一个熟悉的人了。老屋周边少了许多东西，变得更加陌生了，幸亏有这排老屋遗留着，别的压根不像南街头当年的模样。那些后来造的房子见缝插针，密不透风，看过去杂乱无序。就连天空中也像少了许多东西，从前屋顶的天空总是鸟雀飞舞，总是弥漫着蓝色的炊烟，而现在变得陌生又寂寞。

我贴着当年孙家的墙根往前走，再也看不到南面一马平川的田野了，看不到成熟的稻子、绿色的紫云英、金色的油菜花……那里现在是一家大型服装企业大片高低错落的现代化厂房，再往前是连绵不绝的楼房和道路，望不到尽头。

我们这一排西面第一间是戴家住过的房子，如今不知他们搬到哪里去了，戴家爸爸当年在剡江上撑乌山船，后来改为驾驶大航船，每天往返宁波，是镇上航运公司的模范职工；善于持家的戴家妈妈是否还健在，她应该有 90 多岁了；还有她家的儿女们应该比我还要老了。我围着老屋一遍遍转悠着，脚底下踩着旧时的路径，想起作家刘亮程说过的一句话：一个人早年踩起的尘土，在他回来时开始慢慢往下落，落在脚下和身上。那么这落下的尘土不知有没有记忆，可曾记得当年那张胖乎乎的娃娃脸。

这个叫南街头的地方，当年仅二三十户人家，混住着居民户和农民户，每家每户都知根知底，人与人熟悉得毫无秘密可言。我们住的屋子不属于我们家，是母亲向东首的胡大叔家租的，胡大叔家房子有好多间，自家人住不完，就租给我们一间，起先是每月五元钱，几年后提高到八元钱。胡大叔耳朵不好使，经常处于半聋状态，这让他在干活时显得非常专一。他干的活很累，是替镇上的理发店挑水，天天挑，一年挑到头，总也挑不完，要怪这理发店的生意太好，因为全镇只此一家，人人都要来光顾。理发店的后门就在我们住的屋子后面，胡大叔挑水得走后门，得迈十几级台阶，再吃力地倒入两口大缸里。在镇上，胡大叔的挑水挑出了名气，从小河到理发店的两百多米泥石路上总是湿漉漉的。胡大叔有个独生女叫胡雅芬，是我同班同学，她长着一张小瘪嘴，走路时迈着小步子，上身又左右摆动，整个儿看去像小老太，班上同学就此喊她为“雅芬老太婆”。“老太婆”作为房东的女儿兼同学，一向对我客气厚道，从不会拿房东的架子对我装腔作势。

我推开老屋的门扉，跨进四十多年前的旧光阴里。

老屋坐北朝南，有联排九间，我家从东数过来是第七间，从西数过来是第三间。屋子有三十多平米，我们把它分隔成前、后两半区，中间用三根竹竿和若干硬纸板撑起隔墙。前半区放着一张兄妹仨睡的大床，还有书桌箱柜啥的；后半区是厨房，房东胡大叔没有给我们搭建土灶，屋角只有两口圆形的缸灶。里侧的那口用来烧饭，外侧的这口用来做菜。屋子开有前、后门，大多数时候，我们走的是后门。父亲在城里工作，每周来一次，忙时每两周来一次，而母亲则住在采购商店的寝室里，我们兄妹仨就驻扎在这间屋子里。母亲一日三餐过来张罗饭菜，操持一家老小的吃喝拉撒。

开始几年，整排屋子还没通电，家家点着煤油灯，得隔三差五去供销社店里买煤油。后来电线挨家挨户伸进来了，老屋经历了一场划时代的“革命”，一盏十五瓦的黯淡的电灯泡照耀了我们全家，让我们高兴了好一阵子。虽然比煤油灯进步了许多，但灯泡的位置装得太高，灯下总是看不清书上的文字，幸亏那时的老师基本不留家庭作业，我们的眼睛没受到近视的威胁。

我们住的是没有土灶的屋子，那时家里搭建土灶很费力，既要花很多钱，又要占屋子很大面积。房东怕房客住不长，房客自己也怕住不长，免得浪费这么一座大灶资源，所以谁也没提出搭灶的事。没有土灶，就没有在屋顶上开烟囱，没有烟囱，烧缸灶时的柴烟和油烟就一股脑往屋子内蔓延。满屋的浓烟常常熏得我们泪流不断，也熏得后半间屋子的墙壁和房梁上的椽子、瓦片下的竹垫黑糊糊一片，隔段时间就能从那里刮下一大堆墨色的烟尘。

每天中午到家做饭最让我们烦心和害怕。兄妹仨放学与母亲下班几乎同时，一边家里锅灶冰冷，一边每人饥肠辘辘。看着别家的孩子们，一回家就能吃上热气腾腾的饭菜，我们羡慕得要死。手忙脚乱的母亲在这个节骨眼上，脾气也特别暴躁，动不动责骂，我们又不敢顶嘴，只能胆战心惊地伺候着，帮她烧火打下手。遇到柴禾潮湿烧不着时，屋内浓烟滚滚，人完全隐没在烟雾里，锅里炒了一半的菜也鸦雀无声了。这时候，屋里的人一边咳嗽，一边抹泪水，一边又不停地用火管“呼哧呼哧”吹，试着把火吹旺。我们小孩的烧火技术毕竟不行，关键时刻，心急如焚的母亲总会一把推开我们，亲自坐在灶口，仔细拨弄灶膛，慢慢地将火弄旺。不久，锅里煮了一半的菜又“滋滋滋”地响起来，旺盛的火苗明显提升了做菜的速度。

中午十二点光景，母亲终于炒完了三盆菜肴，在饭桌上摆齐后，每人依次从锅里盛来火热的米饭，开始呼噜呼噜吞吃起来。有了这几个简陋的菜肴相伴，这顿饭就算大功告成，这天中午的使命就算顺利完成，而做菜的过程实在漫长又难熬。吃完饭，洗完碗，已经到十二点半，我们总是跑步到学校，最晚走进校门，那会儿，别的同学早做完了作业，已经玩耍了很长时间。

屋子两面与邻居的隔墙很薄，做墙的材料一部分是单层的木板，另部分是竹篾片糊黄泥，只有靠灶间的部分才砌有薄薄的砖块。左邻右舍们放个屁，打个喷嚏或咳嗽，马桶尿尿声……这些都听得清清楚楚。我们家发出的声音也同样被邻居听得见，什么悄悄话、隐私话之类，只能压低嗓子讲。哪家的人吵架了，如同在自家屋子吵，骂人声、痛哭声时刻回荡在耳边，时刻有身临其境的感觉。不光如此，墙壁上还有几道缝隙，互相之间可以偷窥。在这样的环境里生活，各家都习以为常，没觉得有什么异样。

屋子的地面是夯实的泥地，踩得很光滑。而老鼠们却喜欢在这样的泥地下肆意地打洞，它们挖掘了四通八达的地道，这些地道与左邻右舍的地道相互贯通，既为它们囤积各种鼠粮，又为鼠家族提供便捷的流窜路径。它们经常在墙角挖出一个个泥洞，半夜里偷偷摸摸钻出来啃啮番薯，咬坏米桶，叼走鸡雏，偷吃剩饭……迫不得已，各家定期发动各种形式的灭鼠战。

在家庭还没有电视机的年代，我们这间屋子连简单的收音机也没有，主要的文化娱乐就是看连环画，母亲对此是持鼓励态度，尽管她在别的方面不舍得花钱，但对买连环画还是舍得花钱，以至于我们家连环画藏书量一直在镇上名列前茅。

身处简陋的屋子，我们时常会寻找一些新鲜有趣的事情，设法充实我们的精神生活，比如张贴年画，算得上是那个年代最流行的时尚文化。每年元旦过后至春节时段，供销社的文具商店总会推出各种彩色年画，而且隔几天便会上柜一批新年画，每张一、二毛钱。人们把最钟爱的年画买来后，贴在屋里的墙上，瞬间会让屋子焕然一新，会让年味倍加浓郁。谁家的年画贴得多，贴得漂亮，并且贴得到位，能吸引屋外路人，博得人家啧啧赞叹，谁家的颜面就足，家里人都引以为豪，随后到来的春节就显得格外风光。每种版式的年画，文具商店限量进货，卖完为止，遇到某幅人见人爱的年画，稍耽搁些时间，再去买，早没了，徒留遗憾与失望。

在我家贴过的所有年画中，印象最深的有两幅，它们都被赋予了强大的思想和艺术性。一幅年画描绘的是我国第一艘万吨轮船下水的壮观场景，码头上人山人海，彩旗飘扬，气球满天升腾。作者以船身下成千上万微小的身影来反衬万吨轮船的巨大，从而热情讴歌社会主义建设取得的辉煌成就，这张年画那时极大地激发了中国人民的民族自豪感。另一幅是摄影师的佳作，画面上毛泽东、刘少奇、朱德等领袖到机场迎接从莫斯科归来的周恩来，周恩来手里捧着鲜花，四位伟人面色红润，精神饱满，笑容慈祥。许多年过去了，我们屋里贴过的年画不计其数，大多数记不清了，唯有这两张成为难忘的经典。

屋内原本陈旧泛黄的墙面，自从有了彩色年画的点缀，满屋变得亮堂，变得生气勃勃，也让全家人每天心情舒畅。很多年画百看不厌，画里反映的内容，都能给人带来美的享受，带来思想的启迪，并提振人的精气神，能让我们插上理想的翅膀，飞翔于画面之外的大千世界中。

给南街头带来热闹的还有猫狗鸡鸭们，它们在南街头人日常中不可或缺。那时候，家家都喜欢放养这类牲畜，牲畜们在每家门前、院子大大咧咧走动，有时悠闲地漫步，有时专心地觅食，它们从来不被圈养，跟人也相安无事。那个年代的牲畜们全都这样自由而快活，我想如果牲畜们会讲人话，想必他们有许多话要对人说，它们会非常渴望人畜间交流，只是人们忙于生计，不愿与牲畜们多说半句话。

每家门口的屋檐有三米深，是室内空间的延伸和补充，窗台下都堆放着密集的柴草，牲畜们特别喜欢栖息于这种环境。为此，我们把鸡窝搭在柴垛下，便于它们进出和下蛋；把狗窝设在门旁，便于它看门护院；把猫窝做在柴垛上，便于它攀爬和跳跃。

有一年春天，我们买来十几只鸡雏放养，到秋天长大时，只存活下四只母鸡，大部分中途夭折，有的被人不慎踩死，有的被狡猾的老鼠叼走，有的莫名中毒而死，有的因偷吃稻谷被乱棍打死。可四只幸存者不愧是鸡中的精华，每只都是下蛋能手，而且你追我赶，相互竞赛。由于我们经常给它们喂食野生的黄鳝与泥鳅，它们额上的鸡冠红得像燃烧的火苗，在鸡群里显得出类拔萃。四只母鸡按体型大小，分别唤它们为老大、老二、老三、老四，与我们兄妹四个的排行对应，各自结对认养，精心呵护。那两年，我们四兄妹每人获得的荣耀与快乐，竟然维系在四只母鸡的下蛋业绩上。

我家还先后养过两条土狗，一条是纯黑的，另一条是黄白相间的。早年养的是黑狗，冬天时不幸被马路上的汽车撞倒，我们都不在现场，好心人把奄奄一息的黑狗抬到我们家，我们目睹它的眼神渐渐黯淡，直至闭上眼睛……兄妹们全都伤心而哭。狗这种动物相比其他动物，拥有很高的智商，对人忠诚友善，天生惹人喜爱，所以人与狗的感情深厚纯朴，对小孩子来说，狗是他们小时候最亲密的玩伴。

我家后来养的花狗，个性太活泼，喜欢到处乱跑，最后把自己给跑丢了。那天放学到家，平时欢蹦乱跳前来迎接的小花，突然不见了踪影。我们四处搜寻，整个晚上搜寻，到第二天、第三天，依旧没有踪影，我们泄气了，也开始失望了，认定小花必死无疑。可谁也想不到，十天后，小花竟然奇迹般回来了，一边摇着尾巴，一边装出若无其事的样子，我们心里明白，它害怕被主人责骂。于是，赶快拿出好菜好饭招待它，从心理上慰藉它。然而，想不到的是，第二天，它再度失踪，这次失踪是永久性了，再也没有回来过。我们后悔没把它及时拴住，以为它已受尽了折磨，会吃一堑长一智，再不敢乱跑，以至于过分信任它了。

事到如今，小花失踪去哪儿了，一直是个谜。我们猜想是它遇到了特别慈爱的新主人，给吃给喝给更多的温暖，它立马忘了我们旧主人。中间也许是偷着溜出来探望我们，仅是想道个别，其实早已身在曹营心在汉了，所以隔天又不见了，让人觉得消失的速度实在太快。至于后来不再现身，可能回去后被新主人永远关禁闭了，也可能是跑到别处被人捕获吃肉了。唉，这小花不该对我们忘情负义，既然它命该如此，我们也没什么话可说了。

我们住的屋子属于独层木结构，房内空间有限，时间长了，不免有些枯燥单调。但这屋子有较高的人字梁，梁上横卧着两根粗大的圆木柱，我们横着搁上去几块木板，发觉挺合适，于是五六块木板固定后，旋即成了一处温馨的小阁楼。虽然有高度限制，只能弓着腰，但上面可以坐，也可以躺下，而且环境安静，很适宜看书、做作业。我们感觉屋子里陡然增加了一层房间，兄妹们内心都喜滋滋的，大家踩着木梯，轮流爬上去，享受这新鲜而别致的空间。

邻居花姐家也安装了阁楼，但他们家的阁楼是经过了木匠的专业改造，完全算正儿八经的阁楼，可以同时容纳多个人。那两年，花姐处于美好的恋爱年龄，城里的男朋友经常来她家。男朋友是国营厂里的工人，见过的世面多，听到的故事也多，饭桌上边陪着未来的丈人喝酒，边滔滔不绝聊着各种话题。天黑后，这镇上也没地方玩，这对鸳鸯只能爬上阁楼，在温暖的巢穴里享受爱情的甜蜜。在住房艰苦年代，花姐的爸妈考虑真够周到的，这“爱情阁楼”让他们家受益无穷，这“爱情阁楼”也珍藏了很多浪漫故事。

那时我们屋顶上密集的瓦片像钢琴的琴键，对外来的触碰异常敏感，动辄发出响亮的声音。遇到倾盆大雨时，瓦片的声音是清脆而富有韵律的；遇到群猫奔跑追逐时，瓦片的声音是急促而惊心动魄的；遇到熊孩子扔石块时，瓦片的声音是痛苦而让人心碎的。瓦片们似乎在时刻提醒屋里的主人，作为房屋身体的重要部分，它们在外面时刻承受风吹雨打，随时遭遇意外袭击，请不要忽略它们，要对它们定期补漏和更换。事实上每家每户关爱自己的屋顶，胜过关爱自己的身体，不然雨天里遭殃的可是屋子里住着的人。屋顶这架“钢琴”发出的声音就是瓦片表达的各种语言，我们除了用耳聆听，还得用心去感受。

眼前的屋门虚掩着，里面不见人影，光线暗得很，屋里堆满了杂乱的物件和原料，我断定这是前面店心铺人家租的仓库。不知这胡大叔家的屋子是否易主，我四面打量着室内，试图找出一点当年留下的印记，嗅出一点当年未散尽的气味，但早今非昔比了，人字梁改掉了，门窗材料改掉了，不隔音的墙壁改掉了，还有黄泥地也改成水泥地了……更令人失望的是，这间老屋几十年来不知住过多少人，这些人早把我们的印记和气味一层一层覆盖掉了。

我没有理由再苛求老屋，老屋也早已不认得我，它只认得当年十五岁少年离开时的模样。老屋还能存在多久，我无法预知，这要取决于它的耐心和坚韧。在漫长的岁月中，也许它会一直这样默然地等待，等待一颗颗随时归来的灵魂。

远去的剡江货轮

春雨连绵的午后，我踏上竣工不久的小镇步行桥，只见橙黄色的人字形钢梁将桥身凌空托起，仿佛一条轻盈美丽的蛟龙掠过剡江，为小镇两岸增添了一抹温暖的色泽。江面比以前更开阔，白茫茫的，几乎看不见过往的船只，除了江边有挖掘机偶尔传来“哐当哐当”的声音，雨中的剡江宛若一位繁华落尽的沧桑女子，显得格外沉寂。

在小镇，我不知道这座新步行桥的芳名，我想，它至少不会被叫作光德桥，旧光德桥在它下游100米的地方，隐约还能找着它遗存的旧址——两岸对称的巨大的桥基。40多年前，我们无数次站在1970年代的光德桥上，迎着江风趴在陈旧的水泥栏杆上，饶有兴趣地观看桥下往来不绝的船只。那时我们最期盼着每天往返经过的拖轮船队，30多对气势恢宏的乌山船，首尾连接300多米，由领头的汽轮牵引，一路马达轰鸣，豪情满怀；江面上波涛翻滚，浪花飞溅，空气中弥漫着那个年代独有的气息。悠长的船队有时从西边的萧镇码头启航，有时从东边的宁波三江码头返航。

在陆上交通不发达的年代，剡江是奉化西北贯通甬江的一条黄金航道，它像一位热情奔放的俊俏女子，从四明山东麓的秀尖山出发，一路绕山避峰，蜿蜒而来，一路上它有个好听的名字叫剡溪（作为“唐诗之路”上重要路段），剡溪抵达古镇萧王庙后，汇成浩浩荡荡的剡江。

曾在萧镇航运站工作过的程师傅，向我讲述起那段激情燃烧的岁月时，脸上总是眉飞色舞的。萧镇航运站成立于 1958 年，隶属于奉化县运输公司。之前剡江上没有统一的拖轮船队，都是散兵游勇式运输，航运效率低下，严重不适应当时的社会发展水平。据《奉化史志》记载，1959 年，仅有 1 艘拖轮。1960 年，县运输公司造船厂建造 2 艘。至 1988 年发展到 24 艘（这是后话）。程师傅告诉我，1962 年前后，萧镇航运站成立了拖轮队，到鼎盛时期的 1970 年代，载重 5 至 6 吨的木质乌山船达到 174 只。一支拖轮队按 30 对 60 只乌山船计算，运输能力达 300 多吨，这在当时是非常了不起的事情。在萧镇、江口、西坞、河头四大航运站中，萧镇航运站规模盛大，业绩辉煌，综合实力雄踞榜首，成为全县航运业中的翘楚。

小时候，我们没见过真正的火车，看到江面上那首尾连接的长长船队，我们就把它当作一节一节的水上“火车”，这比喻很恰当，就连彼此鸣笛的声音也极其相似。在激流涌动的剡江上，浩大的船队所体现出的劈波斩浪、勇往直前的精神，早已填补了我们少年时期无比枯竭的心灵，船长和舵手，无疑是我们心中的英雄。记忆中，每只乌山船的船尾，都屹立着一位威武坚毅的船老大，全神贯注地操纵着船桨，任凭江风在耳畔呼呼地灌过去。

剡江上自从有了这么一道壮观迷人的风景，沿途就充满了生机和活力，沿岸的人们就会产生许多幸福的念想。

在物资困乏年代，站在小镇桥上或江堤上，观看每只乌山船上琳琅满目的货物，简直是一场视觉享受。从萧镇码头出来的拖船，多半装着溪口和亭下运来的竹木柴炭和各种农副产品、棠云的各类竹制品、畸山的缸甏陶罐，还有稻谷小麦、黄沙石子、化肥家畜等，这些货物被源源不断运送到宁波的三江码头，而后转运到更远的慈溪、余姚、绍兴、萧山、杭州、舟山、上海。遇风调雨顺的年份，各种物资汇聚的数量空前繁多，剡江往外运输的拖轮则会显得更繁忙；从宁波返回的拖船，装满了布匹油盐、水果海鲜，以及杂七杂八的日用百货。那时，萧王庙与江拔线隔着一条宽大的剡江，没有大桥贯通，陆上交通相对闭塞，萧镇供销社的大多数外来货源都要依赖这条水路进入，所以剡江成为萧镇的货运咽喉。

有船就有码头，有码头就能孕育岸边的集市，有集市就能催生出繁荣的集镇。那时的萧镇比我们小镇繁盛得多，老街上全是密密麻麻的店铺，各种商品应有尽有。街上竟然还有一家照相馆，那年春节，我们全家欢天喜地去邻近的萧镇拍了张“全家福”。

从萧镇往返宁波，拖轮船队单程需要三个多小时，而且必须赶潮水，也就是涨潮时，要从宁波返回；退潮时，须从萧镇出发。除了剡江发洪水时停运，其余时间都是风雨无阻航行。比如甲船队抵达宁波码头，开始卸货；乙船队已整装待发，准备返回。待到第二天甲船队装满货，即将返回；乙船队正好抵达，卸货。如此，两支船队交错接力，每两天往返一趟；如此，我们一天两回目睹庞大的船队经过我们小镇时的情景。

剡江水流经我们镇上前，东西两翼有天然的大弯道，岸边长满密集的芦苇，正好挡住了镇上人们的视线。但这难不倒孩子们，他们听力灵敏，目光锐利，总是最先捕捉到船队来临的声息。每当有船队驶近，还没露出踪影，他们便兴奋地高喊：“拖轮来喽！拖轮来喽！”嘹亮的喊声在剡江两岸此起彼伏回荡。然后，桥上、江堤、岸边挤挤挨挨站满人，人们边议论，边目送船队在老旧的光德桥下鱼贯而过。船队出现在人们的视野里只有七八分钟，转眼便不见了，江面上剩下波浪在不停地摇晃，在拼命地拍打着堤岸。

我们无聊时，便每天盼着看拖轮，看久了，好些船老大的脸都被我们逐一记熟，有不少是父子，是子承父业，跑船运的收入高，这是不争的事实。看久了，也看到了危险，仅仅发生在那么一小段路程，如果放眼整个漫长的航程，那蕴藏的风险可想而知了。有一次暴雨后，剡江水流突然变得湍急，一艘汽轮拖着30余对乌山船，风尘仆仆赶往宁波。从力学原理分析，由于船队的首尾距离拉得太长，末尾的船受惯性作用，容易歪斜，偏离方向。这好比是舞龙，龙尾最容易与龙头脱节，不合拍，况且那会儿水流迅猛。当船队风驰电掣通过镇上的光德桥时，最末尾的一对乌山船早已偏离方向，只听见“嘭”的一声，撞在了桥脚坚硬的水泥座上，强大的冲击力让船体瞬间崩裂，船上的货物悉数沉入水底。在千钧一发之际，经验丰富的两位船老大趁船体在桥下打转的一刻，迅速爬上了桥脚基座，并大声呼喊远去的船队……看得出他们是一对患难父子，父亲用他健壮有力的臂膀紧紧搂抱住自己的儿子。那一幕，看得我惊心动魄，至今心里仍留有阴影。另一次看到乌山船被撞时，船老大就没这么幸运了，一位立马失踪，另一位侥幸抱住一块碎船板顺流漂下去。程师傅也向我介绍了那年在方桥水域发生的最严重的一次沉船事故，死去的人有好多，算得上是剡江航运史上的一次惨剧。

1984年后，载重36吨的钢板船陆续问世，无论运输能力，还是安全性能，都达到前所未有的水平。速度快了，路途也跑得更远，拖轮船队从剡江出发，经宁波，穿越姚江，奔向滚滚的大运河……

如今，陆上交通网建设越来越密集，运输时间越来越缩短，水运船只日渐减少，小镇的江面上再也看不到百舸争流的景象了，但这不是剡江的过错，这是时代进步、交通发达的必然，就连京杭甬大运河也不例外。今天，从萧王庙到方桥的剡江两端，有两条多年前建成的高速公路跨越而过，而省道、县道、镇道更是纵横交错，奉化城区西环线向北延伸段剡江大桥早已竣工通车，二期将打通甬山隧道，延伸至海曙鄞江镇；未来的甬金铁路也在剡江不远处擦肩而过，进出萧王庙古镇的道路早已四通八达。剡江进入了休养生息的年代，除了永久不衰的防洪灌溉功能外，人们更重视它的水质环境和自然观赏价值，藉此提升现代人的生活品质。

剡江拖轮的那段璀璨历史，构成剡江文化的浓墨重彩，千年剡江围绕水运曾演绎了多少难忘故事，惟有奔腾不息的江水亲历和见证过。

我突发奇想，如果能在两座镇上的剡江岸边筹建一座航运历史博物馆，或设置几组船运题材的雕塑，像宁波甬江码头和杭州运河码头那样，记录那个年代的独特风情，展示那个年代的诗意场景，供后人瞻仰和铭记，这丰厚的剡江文化便会得到生动的传播，这该是多么美好的事情。

响岭岗的铃声

响岭岗是县城北面一处旧地理标志，在没有高速和高铁的年代，曾经被冠以外部进城的第一大门，也是我儿时进入魂牵梦萦的县城前一道雄奇的分界岭。

从廿里外的小镇出发，由北往南，途经多个村庄后，越过一段上坡路，到了一个叫柳家塘下的村，有两株根深叶茂的老樟树扼守村口；边上有歇息的凉亭，亭里搁着石凳；亭旁有小店，店柜上嵌着一块磨亮的石板。沿这段山路蜿蜒前行，山势逐渐升高，至南头最高处，豁然开朗，一条陡峭的下坡公路笔直地延伸下去，公路两侧是坦荡的田野，田野尽头是清晰的县城轮廓，远看像海市蜃楼。

这脚下便是赫赫有名的响岭岗。

小时候，由于进城次数有限，县城被我赋予一种传奇色彩，令我日思夜想。那时，我从响岭岗上眺望近在咫尺的县城，感到无比温暖和幸福。站在1978年的响岭岗，最先望见的是县城第一高楼——矗立在体育场路五层高的蓝色科委大楼，我羡慕在这幢鹤立鸡群的大楼里上班的人们，该是多么洒脱和自豪。此外，我还望得见惠政路上联排的饮服公司楼、气宇轩昂的邮电大楼。随后几年，位于东门口的新汽车站、南山路与公园路十字路口的车站宿舍楼、惠政西路边上的水产公司楼、中山公园旁的广播站楼等，都雨后春笋般冒出来，这些楼房全四、五层高。那时，在响岭岗上要寻找六层以上的县城高楼，打着灯笼也难找。

1979 年 2 月 9 日，一辆红色拖拉机驮着我们全家老少和家具什物，从响岭岗上风尘仆仆驶下来。那一刻，俯视眼前这神秘的县城，我兴奋而又迷茫。我知道，过了响岭岗这个坎，那座生我养我 15 年的小镇，就再也回不去了。

记忆中的响岭岗，岭高坡长，像一架巨型滑梯，如果骑着自行车风驰电掣下坡，感觉十分的嗨皮，耳畔除了呼呼的疾风，便是“叮铃铃、叮铃铃”火急火燎的车铃声，诸多车铃声汇集起来，居高临下，向四面八方倾泻开去，让远处的县城也隐约可闻。我想象旧时的人们赶着马车或牛车，经过荒凉的响岭岗，必定使劲响铃，或是吓唬打劫的盗人，给自己壮胆；或是面临陡峭地形，提醒行人谨慎。于是，天长日久，人们便把响岭岗当作“响铃岗”了。许多年后，每每忆及响岭岗，我的耳朵里依然回荡着清脆嘹亮的响铃声。

下坡容易上坡难。对于汽车、拖拉机，或者自行车、手拉车而言，爬响岭岗是一件挺艰难的事。那年代，车辆的动力普遍落后，爬坡时，汽车加大油门，隆隆地吼叫着，蜗牛般向上挪动；大小拖拉机们则吐着黑烟，使出吃奶的力气；那些硬撑好汉的骑车人，骑了小半程，便气喘吁吁跳下来，老老实实推着爬；至于满载货物的手拉车，乡下农民们倘若车后没人使劲顶，断然上不了响岭岗。

响岭岗东北面的低洼处，是大批高低不平的大寨田，那些年，县城里的学生们响应毛主席“五七”指示号召，隔三差五来此劳动。田埂上经常有迎风招展的红旗，有时还听得见激昂的革命歌声。

这里早先是一座叫仁湖的大湖，建于900年前的南宋，那时仁湖周边有9座小山，形若“九龟探水”。从响岭岗上放眼仁湖，湖水清冽，鱼虾成群，湖光山色，美不胜收。鼎盛时期，仁湖的面积达到360亩。1931年香港出版的《中国古今地名大辞典》中，标注着奉化的别称是仁湖，可见当时仁湖的影响力很大，名气也很响。光绪25（公元1899）年，塘下村立石碑，要求乡民保护仁湖及周围山水。1937年，蒋介石发动民众大规模清淤和深挖仁湖。当时湖中还有小岛，岛上有湖心亭，蒋介石觉得这是个风水宝地，就选此地作为自己百年之后的归宿。

87岁的塘下村柳姓老人告诉我，从前响岭岗周边山地有5个山岙，岙岙有水塘，每个水塘都与仁湖连通。柳家村地处仁湖塘下面，“柳家塘下”的村名由此形成，现在统一叫塘下村了。1958年前，仁湖一带山坡上还建有大批畜牧场，后来逐渐衰落。1965年，在“以粮为纲”口号的鼓动下，人们战天斗地，掀起了轰轰烈烈的填湖造田运动，烟波浩渺的仁湖从此销声匿迹。今天作为城里最大的主题公园，重新修挖后的仁湖，尽管面积有100多亩，但湖的规模与气势与旧时无法相提并论。

响岭岗东、西两面是低山缓坡，大多属于长汀村。这里曾经漫山遍野是桃树，春天桃花吐艳，夏天桃满枝头。七八十年代的长汀村是闻名遐迩的奉化水蜜桃主产地，以响岭岗为中心的肥沃的沙性土壤，为奉化水蜜桃的繁殖和推广立下了汗马功劳。当萧王庙林家村、溪口新建村的桃子还默默无闻的时候，长汀村的种桃业早一马当先、一枝独秀了。那时他们并没靠布袋和尚出名，却是凭借鲜甜芳香的水蜜桃声誉鹊起。如今，长汀水蜜桃渐渐退出江湖，已成为一代人美好的记忆。

其实响岭岗的变迁，可追溯到60年代初期，当时，横山水库竣工在即，水利规划重点调整，仁湖的灌溉地位逐渐下降，政府为降低响岭岗高度，改善通行条件，实施了挖土削山工程。

1981年，由于本地国企老大奉化食品厂的厂房严重饱和，县政府决定辟地在响岭岗坡下建新厂房。1982 年 11 月，占地 5.7 万平米的食品厂黄桃罐头车间新厂房，在响岭岗西面山脚下拔地而起。随后，响岭岗上的山岙也红红火火建起了大型织布厂。响岭岗周围不再荒凉和寂寞，响岭岗也不那么高高在上了。

80 年代中期起，过往响岭岗的人们常常被路边一条巨幅墙体广告吸引眼球，说的是该厂生产的“巨浪牌”黄桃罐头荣获莱比锡国际博览会金奖，这句广告语成为响岭岗边一道闪光的荣耀。往后几年里，这项骄人的成绩为本地食品厂带来巨大的经济和社会效益。

80 年代后期至 90 年代初期，南山路开始大改造，响岭岗遭遇了几次伤筋动骨的大手术，南山路路基大幅升高，响岭岗至塘下段路基大幅降低。这一升一降，让响岭岗基本见不到岭墩的外貌了。

暮春傍晚，我再次来到没有岭墩的响岭岗。红彤彤的夕阳从老食品厂屋顶照射过来，给东边翠绿的桃树丛涂上了大片金粉，显得妖娆迷人。坡上那间静默的小屋和那截残旧的桥栏杆，仿佛在娓娓叙述响岭岗遥远的故事。站在当年的位置，再也听不见动听悦耳的响铃声，再也看不到体育场路那幢高耸的科委大楼。

响岭岗已悄然退出历史舞台，湮没在岁月的烟尘里。与此同时，奉城的外围壁垒消除了，道路经脉畅通了，城市框架拉大了，视野胸襟也拓宽了。响岭岗几十年沧桑变化，正好与奉城改革开放的时间节点同步合拍，就像当年竖在响岭岗口那两句耳熟能详的广告语：让奉化走向世界，让世界走近奉化。

今天，奉城经济社会发展的斑斓长卷已一幅幅展现在世人面前。

杜家畈的前世今生

在奉化的行政版图里，地处剡江北岸的杜家畈，名不见经传。

这个人口仅一百多户的小村，隶属于小镇行政村，它隐匿在甬山西部的南麓，像个离群索居的孩子，低调且与世无争。但杜家畈却是世外桃源，村庄倚山而居，屋舍高低错落，竹林掩映，鸡犬相闻，村民的日子过得从容恬淡。

四十多年前，记不清多少次涉足杜家畈，但未曾听说村里的两位古人和他们的轶事，那时的人们也许害怕会被扣上封建迷信的帽子。那里有我多位年少同学；西面山坡上有我们开荒种植的大片桃树；夏日水田里我们割过稻子，我被舞动的镰刀划破过手指，还有水里的蚂蟥特别凶悍……这些记忆零碎而深刻，让我一直牵挂着这个孤寂的小村庄。现在我想再去认真打量这个村庄，不为别的，为追寻两位古人的遗迹，为感受旧日村庄的神秘。

那天午后，强台风“利奇马”已北上离去，剡江洪峰逐渐退却，两岸庄稼劫后余生。自剡江大桥贯通后，城区的西环线北段已垂直延伸到村前的江拔线，小镇西部通往奉化城区再无剡江阻隔，这让杜家畈成为新的交通枢纽。杜家畈的历代先祖们无论如何不敢梦想，尤其是1200多年前的贺知章和杜胜。

时光回到天宝初年（公元742年），唐朝大诗人贺知章上书唐玄宗，要求辞去官职，回乡安度晚年。唐玄宗即遣大批高官人马一路相送，直至贺的故乡鄮县（今鄞奉交界的鄞江）。80多岁的贺知章随后选择在甬山南麓的江口作为隐居地。如今在甬山入口的牌匾上，有如此介绍：官至秘书监的贺知章因不满朝廷奸相的所作所为，与御史中丞杜胜等人辞官还乡。杜胜全家隐居在甬山平岩洞西南，后子孙繁衍成为现在的杜家畈村。受杜胜之邀，贺知章常来杜家畈附近的剡江边垂钓，寄情于山水之间。后人为纪念贺知章，在贺监垂钓处用石筑一方台，成为“贺监钓台”。据说，明代大书画家董其昌所题的“剡川一曲”四个大字，凿于江边的岩壁上，与钓台相映成趣。

伫立在剡江大桥上，面朝气势恢宏的甬山，眺望剡江北岸东西北三面，我想象在唐朝的天空下，两位情投意合的挚友在此活动的半径范围。很多时候，他们俩会在甬山之上、剡江之畔互相唱和，一起吟诗，论文，饮酒，弈棋，垂钓，游乐……

我并不忙于进村，想先去剡江边寻觅当年的“贺监钓台”。千百年来，江水潜移默化地冲刷着堤岸，剡江的曲折形状也日渐被修改着，已然是今非昔比。从大桥的引桥下绕到江边时，我被一座崭新的休闲亭所吸引，亭子内外无任何刻录的文字，周边也没凿字的崖壁，想必不会是“贺监钓台”。我询问一位在附近地里劳作的老农，他遥指西面江畔的金鸡山，我顺着他指的方向，望见那里真有一大片浓密的山林，看来钓台十有八九藏在那里。

道过谢后，我兴致勃勃驱车往西，来到两里外的柱石村，向路边民宅里的几位老太太打探去钓台的路径。“钓鱼台吗？喏，前面第一个路口左转。”老太太们几乎异口同声。我想，明明是杜家畈的钓台，怎么连柱石村的人都耳熟能详，看来这“贺监钓台”果真名不虚传。我脑里已迫不及待描绘起钓鱼台的模样，内心开始激动。

从马路边进去，是一条两米宽的幽深小道，雨后的路面泥泞不堪，头顶的树荫遮天蔽日，空气中弥漫着山林的馨香。循着山势蜿蜒前进，一路上村民种植的各种花卉苗木、成片葱郁的雷竹林、遍地滋生的野草藤蔓……不断映入我的眼帘。走了十来分钟，路仍然没有尽头，我瞪大眼睛，搜索着前方每一处疑似钓鱼台的岩石地貌。又拐过一道山崖后，前面越来越荒凉，左侧出现了一面偌大的崖壁，不知哪年被人开采过石料，我在上面仔细寻找着董其昌的题字，一无所获。也许岁月悠长，风雨侵袭，题字早已漫漶不清；也许被后来的采石者人为破坏消失。

身后的金鸡山渐行渐远，我已来到外围的江堤上，透过茂密的竹林，看到了浑浊的江水在脚下若隐若现，但依旧没有钓鱼台的踪影。我坚信柱石村的老太太们不会撒谎，不会那么无聊来搪塞一个信念执着的城里人。

我渐渐失去寻找的耐心了，之前甚至踏入过齐腰深的芦苇丛中，怕钓鱼台被遮挡遭埋没。当所有的努力证明是徒劳后，我决定从原路打道回府了……

再次来到柱石村那幢民宅前，我早已满头大汗，打算向诸位老太太深入求证。没想到，她们对我的遭遇表现得非常淡定，似乎我这么白跑一趟，该是情理之中的事。“那里是叫钓鱼台，我们年轻时嫁过来那会儿，就这么叫了，反正谁也没看到过真正的钓鱼台是啥样子。”她们的口气像是在最后揭晓谜底。

我明白了，原来她们记住的是那个地名，钓鱼台面貌如何根本不重要，重要的是这个地名已经在这里家喻户晓、深入人心了，已成为当地人精神文化的栖息地，相信将会一代代流传下去。

带着知足的心情，我来到杜家畈村。杜家畈的基本格局与40多年前差不多，房屋大部分老旧，只是在村口的东面添了几幢豪华别墅，扼守着整个村子。在一幢旧楼房的屋檐下，我见到了杜大伯和她的老伴，杜大伯今年75岁，身材瘦小，皮肤黝黑，脸庞上刻满岁月的沧桑。他告诉我："现在村里还剩下30多户老年人，上面已对每家每户的房产实施了登记，预备下步拆迁。南面的西环线要笔直地延伸过来，在村后的甬山打一条隧道，接通山北的海曙区鄞江镇。我们对这村庄和房子太有感情了，真心不愿意搬迁。"杜大伯的语气里流露出淡淡的忧伤，并非全是对自家庭院的留恋，更多的是对村庄消亡和纽带断裂的遗憾。

我问杜大伯这房子的房龄，没想到，这个问题竟然打开了他的话匣子，也让我了解了杜家畈的前世今生。原来从前的杜家畈不在现在的甬山脚下，而是在江拔线前面，临近剡江的平原地带（今天剡江大桥引桥下位置）。那时剡江几乎不设堤坝，洪水轻易就能淹了村庄，深受洪水之害的杜家畈人，痛定思痛，于1963年整村搬迁到地势较高的北面山麓，原来的村庄遗址全改成农田了。杜大伯那年19岁，这幢房子就是那时候造的。

说起老杜家畈村，杜大伯眉飞色舞。那时的杜家畈完全是典型的江南水乡，美丽富饶，村里被多条河道环绕，并与外面的剡江相通，货物运输和渔船进出十分便捷，村子东、西各有一道寨门护卫村子。每年村里演戏，好多人是坐在船上悠闲地观赏，很有意境和格调。这让我联想起鲁迅先生笔下的《社戏》里描绘的迷人场景。

我猜测老杜家畈村在原先那块地盘上已历经漫长时期。唐朝时，那里环境静谧，地貌原始，民风淳朴，又是依甬山傍剡江，成为有识之士隐居的理想之地。开山祖师爷杜胜携带家眷，择地而居时，肯定是欣喜若狂的。这里离钓鱼台更近，更方便贺、杜两位老友在剡江边垂钓游乐。

那时，杜家畈村民的主要交通工具都是船只，他们依仗得天独厚的剡江，进出村庄和家门，如果要去江对岸，少不了渡船。杜大伯向我讲了个村里流传的民间传说：从前，杜家畈有个寡妇，经常带儿子去对岸的寺庙拜菩萨，有次突遇风浪，渡船沉没，儿子被淹死。悲伤的寡妇思前想后，遂把对岸菩萨的头颅摘下来，在杜家畈近处的山边建了间寺庙，里面造了菩萨的身躯，然后把头颅安上去，从此寡妇再也不用坐渡船去对岸了。后来不断有好事者扩建此寺庙。据说1958年“扫四旧”时，这寺庙被人拆掉，砖瓦木料运到镇上，给镇上的打铁店盖了房子。

杜胜后代经过1200多年的繁衍，如今足迹已遍布各地，中间有数不尽数的杜姓人从杜家畈迁徙出去，在异地继续繁衍着子孙后代。远的不说，近在眼前的，以尚田镇杜家村为例。我无暇考证杜家村的祖先是哪年从杜家畈迁出的，今天的尚田杜家村有二三百户，六七百个人，人口规模大大超越母村杜家畈，村庄发展的潜力和势头颇为喜人。杜大伯夫妻屡次表达想去杜家村拜访的念头，渴望与同根同祖的宗亲们念念杜胜太公，叙叙血脉亲情。

告别杜大伯出来，我又踱到剡江大桥上，往南极目远望，城区的西环线二期规划接通尚田镇后，很方便连接南面的杜家村；转身北望，西环线延伸段未来穿越甬山隧道后，连通甬山以北的鄞江镇（贺知章的出生地）。这样，杜家村、杜家畈村、甬山、鄞江镇全在一条直线附近，正好把杜胜与贺知章有关的全部历史元素笔直地串联起来，这是冥冥之中的巧合吧。

在剡溪和剡江的边界

总惦念着去剡溪与剡江的边界看看，那是七月闷热的午后。

剡溪穿越溪口镇后，依然向东，经畸山后，天地间豁然开朗，沿溪如黛的青山倏忽间全跑左边去了，两岸疯长着碧绿的芦苇。前方是辽旷肥沃的平原，剡溪渐渐变成一位沉稳的汉子，放缓步履，从容前行。在前葛村西侧，它由南往北，与安静的村庄擦肩而过，抵近萧王庙时，又像个顽童突然折向东面。不经意间，视野里溪流的特征渐渐隐去，江面上呈现出浩荡壮阔的景观。

这里是剡溪与剡江的交汇地带，我站在剡溪的终点，同时又站在剡江的起点，以那道黑色的活动堰（橡皮坝）为标志。然而，眼前落差数米的堰坝，却阻碍了我的想象力，也阻碍了大多数年轻人的想象力。曾经有位友人告诉我，民国时期或更早，货船和竹筏可以通到今天溪口镇上蒋氏故居门口。想想那是一种怎样的情景，剡溪与剡江无缝对接，水面上船帆林立，熙来攘往。不知年轻时的蒋介石某次返乡探亲，有没有沿甬江、奉化江、剡江、剡溪溯流而上，潇洒地挺立在船头，一路揽尽两岸美景后，在丰镐房门外的河埠头悠然上岸。这至少证明，那时去溪口的水路交通明显优于陆上交通。

但不管怎样，这道建于50年代末期的萧王庙堰坝，生生把剡溪与剡江的通航途径给截断了，50余公里长的剡溪在萧王庙画上了一个沉重而无奈的句号。自此，下游来的船只终止于堰坝下的大埠和萧王庙码头，上游来的船只（包括竹筏）终止于堰坝上面。那时，溪口、棠云运过来的各类山货竹木、畸山陶器厂运过来的缸甏陶罐，全在这堰坝上下交接转运。

剡溪从几十公里的崇山峻岭中，一路踏歌而来，沿途接纳了无数支溪流，到萧王庙交汇处时，愈见其水量的充沛与强劲。这里江宽水深，适宜水上运输，历史上形成了几座较大的船埠码头。有码头，就有货物交易，就能聚集人气，从而形成集市，繁荣一方。在曾经的剡江码头边，近水楼台先得月的，便是萧王庙镇和青云村、大埠村。

我在青云村村史馆，看到如此记载：古时萧王庙称泉口。1006年（北宋景德三年），奉化境内有泉口、白杜、南渡、袁村四个集市，剡江航道通宁波。明代以来，泉口成为奉化最大的集市。至民国时，集市规模愈加扩大。

集市效应直接催生了萧王庙镇和青云村的繁衍和兴旺，这一镇一村，镇村相连，成为剡江边上的两颗熠熠发光的明珠。我坚信，如果没有千年剡江的依存，它们完全会是另一番模样。

萧王庙镇（今已改街道）以"剡东第一名祠"萧王庙而得名，萧王庙建于1042年，是为纪念北宋奉化县令萧世显的功绩而建。那时，站在山坡上的寺庙门口，俯视东面的万顷良田，令人仿佛看到了萧公为治理蝗灾而奔走田间的劳碌身影；再眺望北面的滔滔剡江，又仿佛看到了萧公为根治水患而带领千军万马修堤沿岸筑坝的震撼场景。萧王庙建成后，每年的农历正月十三至十八，当地百姓都会举办盛大的庙会，这一风俗已传承了上千年，成为浙东地区最重要的庙会。这样的庙会能充分激发历代百姓对萧公的感恩和敬佩之情，能广泛凝聚正能量，促进当地社会的和谐与安宁。

尽管来青云村已很多次，但每次都有新的感悟。这个村庄最吸引我的当然不只是全新的村容村貌，也不是优渥的自然环境，而是数百年来生生不息的文脉。这是一个英才辈出、人文荟萃的村庄，它起源于1200年前的唐朝，全村以孙、杨、戴三个姓氏为主，而孙姓占全村总人口的80%，因而旧时称孙家。自明代孙胜建“联步青云”牌坊开始，孙家村曾涌现出尚书、大元帅、进士、举人等人才500多名。从民国至现当代，孙家村又涌现出一大批政界、商界、和文化教育界名人翘楚，为中华民族的崛起和强盛作出了杰出贡献。历代孙家村人藏书重教、书香传家的家风，深刻地影响着一代又一代村人，激励他们去报效国家，反哺家乡。就像1950年代，孙家村更名为寓意深闳的“青云村”那样，这是孙家村人秉承传统文化最生动的例证。

今天徜徉在青云古村，时不时遇见一处处保存完好的晚清和民国建筑群，这些古建筑以民居、祠堂、藏书楼为主，建筑风格多为封火山墙、穿斗式框架结构。在门楼、影壁、梁枋之上，装饰着木雕、砖雕、石刻以及水墨画，彰显每一家主人的儒雅气质、审美追求和富贵家境。感谢青云村人为我们保存了这批丰赡的历史文化遗产，为我们留住了珍贵的记忆和乡愁。

然而萧王庙也好，青云村也好，它们都孕育于源远流长的剡溪（剡江）文化，是剡溪（剡江）文化的重要组成部分。可以肯定，民国之前的历代青云村人，他们出去闯荡世界，或者衣锦还乡，无一例外是在村后的剡江码头往返。那时的码头，是通往外部的必经之地，是有志人士梦想启程的地方；那时的码头，也是游子归家、亲人最早相见的温馨平台。

当我再次踏上剡江江堤时，今年的最后一场梅雨刚刚下毕，剡江的水面氤氲着迷人的雾气，连同两岸葳蕤的草木，看过去更加温婉动人。堰坝下原先的码头了无痕迹，大片原址早已被半人高的萋萋野草吞没，到处都是湿漉漉的。唯有堤上和堤下还留存着几间阒寂的矮平房，岁月没有让它们残破和坍塌，作为码头的工作用房，见证了当年的繁荣，也镌刻了最后的历史印记。

伫立在堤坝上，我身边的行人和车辆络绎不绝，没有人会对下面的码头旧址瞥一眼。我想，就这么长久荒凉着，实在有点可惜，街道和水利部门可否在此建造一座码头公园，并且在公园内立块石碑，撰写一段铭文；如果能造一座纪念馆则更好。既能让沿江的百姓观赏休闲，又能让后人记住这段难忘的航运史。我冒出这样的念头很自然，缘于一种强烈的责任感在驱使我。

我想继续沿江堤去寻觅大埠村旧迹。

大埠村就在前面两里地，现在是萧王庙街道的一个自然村，历史上以埠多埠大而出名。从清初至民国末，大埠曾是奉化北部的商业繁盛地，是县内13个集市之一，属于著名的商埠，民间号称“小宁波”。

那时，这里是物资集散中心，是商贾云集之地，江面上，满眼是挤挤挨挨的乌山船、密密匝匝的竹筏子、层层叠叠的进出货物、骂骂咧咧的船老大和搬运工……场面蔚为壮观。那时，大埠村家家有埠头，户户有船只，便于装运货物。有的把埠头造得特别大，如三房埠、上元埠等。商埠的形成，培养了大埠村人的向外经商意识，他们逐渐走出小村庄，奔向宁波和大上海去闯天下、创大业。那时，大埠村还开通了每天一班的夜航船，往返宁波。夜航船多半是客货混载，随潮顺流，晚发大埠，朝至宁波。

在村里，我遇见了慈祥而热情的竺大伯，今年恰好80岁，身板硬朗得很。我向他询问当年鼎盛时期的码头边，是否有条老街还遗存着。听说那条老街上有广货店、中药堂、水作坊、榨油坊、烟纸店、竹器店、铁锅店、旅店……应有尽有，琳琅满目，且开店的人都是五方杂处。

早已没有啦，老人摇摇头，不无遗憾地告诉我，50年代中期，政府为了抗击剡江洪灾，在老街位置上修建了庞大的堤坝，老街早已湮没在堤坝的脚下了。

我原以为，大埠的老街肯定坐落在村内，而且是保存完好的。现在老人的话纠正了我的主观臆断，我颇感失望。在江堤上，老人指着那座横跨剡江的大埠桥说，以前的老石桥可不在这个位置，在往东50米的地方。老桥也没这么宽，桥面全用石板铺成。记得1949年某天，蒋介石在对面马路边下车，一行人跨过狭窄的桥面，穿过大埠村的巷子，去西南面的孙家村（青云村）拜见待他恩重如山的舅父孙琴风。那天，村里的人全跑来看热闹。老人说起这件往事，记忆犹深，那年他才10岁，挤在密集的人群里，惊奇地打量着迎面走来的大人物蒋介石。他压根不会想到，这是蒋介石对故乡和亲人最后的辞行。

昔日的老大埠桥后来是被洪水冲垮的，我在江边荒草深处找到了旧桥的基石，也隐约望见了江对面的那块基石。当年以这座老桥为核心，周围必定是一幅商贸兴盛、百姓和乐的清明上河图。你可以瞧见村民家的门牌上，至今还标注着“上街头、下街头”字样，可以猜测大埠街的重要地位和影响，可惜老桥和老街如今都不复存在了。

史料上记载，大埠村原先还是香火旺盛之地，有建于唐代初年的净明寺，曾是雪窦寺的下院。从宁波方向过来的朝香客，在此舍舟登岸，洗尘留宿，次日先去净明寺，再去雪窦寺。按下院至上院的顺序拜佛，彰显香客们的虔诚之心。村里还有另外几座庙庵，先后焚毁殆尽。

在大埠村，我试图寻访一些古建筑，但为数不多。与青云村相比，大埠村不知是先天不足，还是未加保护，或者毁于各种灾难，不得而知了。但民国年间，大埠村经常有土匪进村作孽，打家劫舍，却是不争的事实。这以当代企业家竺尧金的爷爷1940年被土匪绑架、后花大笔银元才保命赎回为证。也许大埠村经商的祖先们为保护自身安危，才不造豪宅，不露财富，低调做人。

由于大埠村紧挨剡江，与剡江的依存度格外密切，如此特殊的地理环境，加上人口规模又不大，自然孕育为商贸宝地。但这样的地方，如果小本经营者居多，原始积累有限，钱财来得快，去得也快，如果不精心理财，那么祖先们为后代留下的显赫资产就不多。这是我对大埠村缺少豪宅的另一种分析。

在村里，仅看到两、三幢清朝晚期的建筑，被列入奉化文物保护对象。印象最深的是竺大茂房，其门楼造型精巧，气宇轩昂，极具艺术匠心。村里也出过几位令人骄傲的重要人物，但数量上无法与青云村媲美。

可以断定，清朝民国年间，剡江上的大埠码头与萧王庙码头相比，前者的规模实力和兴盛程度，要远远超越后者，后者那时还名不见经传。萧王庙码头是建国以后才慢慢崛起的，特别是大埠码头消亡后，加快了它的形成过程，至70年代进入鼎盛时期，80年代起因陆上交通开始发达，才导致了它的逐步衰落。

青云村以村落文化根脉命名，而大埠村却以村落地理环境命名，这是两个村庄的不同之处，但都渗透了剡江文化的血脉，它们之间又是一脉相承。

沉思间，前方蓦然传来“噗噗噗”的马达声，一艘庞大的运沙船正劈开宁静的江面，孤独地驶过来，并惊起了两岸数十只白鹭，层层涟漪在船尾均匀而密集地荡漾开来，不停地鼓动着两岸葱茏的芦苇……大船渐行渐远，我目送它在前方拐弯处慢慢消失。

繁华不再的江面上，如此景观已越发罕见。青山不老，江水无声，多少往事伴随着亘古未息的剡江滚滚东逝。

后记

我的故乡是宁波奉化北部一个普通的小镇，那里是我一生魂牵梦萦的地方。

我的小镇属于中国典型的城乡融合地，它坐拥得天独厚的地理条件，那里山脉河流兼具，水陆交通发达。甬临线与江拔线两大省道在此交汇，沿途织就了密集的陆上道路网；穿镇而过的母亲河剡江，发源于四明山东麓，由西向东，穿越崇山峻岭，接纳了无数支溪流，一路奔涌而来，抵达小镇后，又折往东北，流向宁波，汇集到甬江，剡江是旧时奉化西部山区通往外埠的重要黄金水路；磅礴壮美的四明山绵延至此，形成最后一座孤独的余脉，它的名字叫甬山，“甬”是宁波的简称，因境内有甬江而得名，而甬江之名源自我们镇上的甬山，历史上的甬山积淀了丰赡的人文资源，如今日趋成为文化旅游胜地；小镇东部是广袤坦荡的鄞奉平原，这里良田肥沃，盛产优质稻米，曾是宁波重要的“粮仓基地”。

我的小镇虽不大，人口也不多，却有五脏俱全的基础设施和社会形态。那时镇上没有像样的高楼，也少有精致的古宅院落，更没出过显赫的达官名人，我甚至没详细考证过小镇演变的史迹。但这个像邮票一样大的地方，正是我出生和成长之地，我人生的前十五年就在这里懵懂地生活着，镌刻下无数斑驳的旧影。

苏童说过，一个写作者一生的行囊中，最重的那一只也许装的就是他童年的记忆，无论这记忆是灰暗还是明亮，我们必须背负它，并珍惜它。记得是在 2014 年春天，我拾起了荒废已久的文笔，并激活了我少年时代就怀揣的写作梦。我的第一篇文字是《第一次去春游》，那是一个小镇少年第一次张开稚嫩的翅膀，去辽阔无垠的天空里飞翔。从此，我旧日的小镇像一本生动的画册，一页页渐次打开来。

故乡小镇蕴藉着我厚重的记忆和情感，我在那里扎根我的思想，安放我的灵魂，构筑我的精神世界，我把对故乡的爱融入我的血脉里，浓缩于我叙写小镇的每一篇文字中。这里是我写作的重要“根据地”，在这片故土上，我努力寻找和挖掘那个早已湮没的年代，让那个年代熟悉的人物、故事和环境，清晰地呈现在我的笔端。

《小镇旧影》不妨说是一本关于时间的散文集，以“我”少年的视角，勾勒出 20 世纪 70 年代小镇的真实模样，通过描写那个年代里发生的形形色色故事，刻画了生活在小镇上的一个个平凡小人物，反映了他们复杂的心理状态和生存境遇，烘托出那个年代特有的社会政治风貌和时代背景，也折射出时代不断前进嬗变的态势。

全书分“命运”“艰辛”“暖意”“烙印”“期待”“变迁”等六辑，共 36 篇散文，没有按时空顺序编排。这些文章都是近几年工作之余，陆陆续续撰写的，不少文章刊登于各类报纸杂志中。

本书被列入 2021 年度宁波市文艺创作重点项目，感谢宁波市、奉化区两级文联的重视厚爱；作家禹风老师在繁忙的创作中，为本书拨冗写序，让我感到十分荣幸，在此深表感谢；同时要感谢所有关心支持我文学写作的人，包括编辑老师们。今后，在写作的道路上，我会潜心耕耘，自我激励，继续前进。

作者

2021 年 10 月